I0831493

Kurt Kluge

Der Glockengießer Christoph Mahr

Salzwasser

Kurt Kluge

Der Glockengießer Christoph Mahr

1. Auflage | ISBN: 978-3-84609-566-9

Erscheinungsort: Paderborn, Deutschland

Erscheinungsjahr: 2014

Salzwasser Verlag GmbH, Paderborn.

Nachdruck des Originals von 1934.

Kurt Kluge

Der Glockengießer Christoph Mahr

Salzwasser

Werke von Kurt Kluge

Kurt Kluge

Der Glockengießer Christoph Mahr

Roman

J. Engelhorns Nachf. Adolf Spemann
Stuttgart

Geschrieben in den Jahren 1931—1933
Gesamtauflage aller Ausgaben 40000

Umschlag und Einband von Johannes Boehland. Printed in Germany. Druck: Der Alemanne, Verlags- und Druckerei-Ges. m. b. H., Freiburg im Breisgau

Carla Kluge
gewidmet

I

Den halben Tag hat Kranichstedt geduckt in seiner Mulde kornbewachsener Hügel gelegen und die Sonnenglut aufgesaugt. Mit dem Schlage zwölf sagte der Glöckner im Marienturm „nu los“ zu seinen Gehilfen, spuckte in die Hände und zog das Seil der kleinen Glocke. Das ganze Nest schnarchte in der Mittagsglut, und nur den armen Kranichstedter Glockenläutern rückte in dieser Stunde die Arbeit zu Leibe. Aber in dem Kalksteinverließ des Marienturmes ließ sich die halbe Stunde Seilziehen aushalten: durch die algenverklebten Fensterlöcher kroch nicht viel Schwüle, und auch dieses Wenige kühlte rasch ab an den frostigen Totenbahren in der Ecke und roch dann harmlos nach Pilzerde.

Der erste Läuter zählte den Takt: eins und, zwei und — bis zwanzig mußte die kleine Glocke das Hochzeitgeläut anschlagen. Sie klingelte dünn in dem Sommerdunst herum, und die Kranichstedter wären kaum in ihre schwarzen Feströcke und auf ihre mittagsmüden Beine gekommen, wenn mit einundzwanzig nicht die Halbwegsglocke eine Terz tiefer eingesetzt hätte.

Nicht sämtliche Einwohner Kranichstedts mußten sich jetzt einen Ruck versetzen. Es gab Leute, kleine Leute, die niemand an den Hochzeitstisch der Katharine Lichtermark gerufen hatte, und zu diesen gänzlich Ungebetenen gehörten die meist mit Lehm und Ruß beschmierten, wenig ansehnlichen Handwerker der Andreas Kochschen Glockengießerei auf dem Grammensand, draußen am Stadtende. Die Glücklichen konnten ungekämmt und in Hemdärmeln frühstücken, was sie eben jetzt ohne Blumen und Ansprachen, aber mit Ruhe und Umsicht besorgten. August Zeise erwies sich auch bei Gewitterschwüle als ein Geselle von Verstand: er hatte beizeiten die Bierflaschen zum Kühlen ins Grammewasser gelegt, konnte dem in solchen Dingen verwöhnten Werkmeister Brümmer mit gutem Gewissen einschenken, „Prost" sagen und eine weitere Flasche am Hosenbein abwischen, um auch den dritten Frühstücker zu erquicken, der ohne hochzeitliches Gewand unter dem Nußbaum des Gießereihofes saß. Aber der dankte.

„Nanu, Mahr", sagte der alte Brümmer, „spül' Se'n Schtoob hinger."

Nein, Christoph Mahr dankte. Er war überhaupt dieser Tage beim Danken und pfiff auf alles. Seinem Onkel, dem Pastor Arcularius, hatte er erst vorgestern die Einladung zur Hochzeit gezeigt, aber nicht etwa gesagt, daß er für eine solche Drucksache danke, sondern sich kurzerhand dahin geäußert, daß ihm „die ganze Bande Lichtermark" den Hobel ausblasen könne. Selbstverständlich hatte der Pastor hier sofort eingegriffen und gesagt: „Christoph! Welche Verwirrung des Gefühls und der Tatsachen! Erstens, mein Sohn, gehört ein Hobel nicht zu deiner Hantierung. Also wird ihn dir mein alter Freund Lichtermark auch nicht ausblasen. Und seine Frau, die Professorin, bläst, wie du weißt, allerlei — jedoch unter keinen Umständen Hobelspäne. Daß du aber etwa das Kathrinchen in irgendeine Beziehung zu dem Hobel habest setzen wollen — Christoph, nein, das will ich nicht glauben" — Arcularius legte dem Christoph die Hand auf die Schulter — „ich weiß, du. Aber wie hat sie dich denn nehmen können: du bist nichts, du hast nichts, du verdienst nichts —"

„Wer verdient denn heute?" unterbrach ihn Christoph.

„Nun, sieh mich an", sagte der Pastor.

„Du! Ihr steht von früher her auf eurem festen Grund."

„Sieh ferner den Doktor Kesselstein an, den Kathrine heiraten wird. Heiraten, ja — weil er sie ernähren kann."

„So mag die Gans zum Kessel kommen — auf die Hochzeit geh' ich nicht", hatte da Christoph ziemlich laut gesagt und war einfach zur Tür hinausgegangen. Der Pastor Arcularius hatte seine Weste aufgeknöpft und den Hosenbund etwas gelockert — Erregung wirkte immer leicht blähend auf ihn — und vor sich hingemurmelt: „Ja ja. Meine liebe Schwester Lina hat mir ein scharfes Kreuz in meine Pfarrei gesetzt, als sie mir ihr Söhnchen zur weiteren Beaufsichtigung nach Kranichstedt schickte. Söhne ohne Väter. Schlimmer: Söhne mit Vätern, die im Krieg gefallen sind. Erziehung mit einer Entschuldigung am Anfang. Und nun so ein Beruf: Glockengießer! Statt die Menschen zu rufen, als ein Lehrer, als Pfarrer, als Richter, statt das Volk zu führen — Allmächtiger, sich auf die Anfertigung von Geräten zu legen, mit denen unsereiner die Leute rufen läßt — hm, hm."

Dieser Christoph Mahr stand nun dankend und pfeifend auf dem Glockenhof zwischen dem Gesellen August Zeise und dem Werkmeister Brümmer, aber ohne über eine so zuverlässige Amtsbezeichnung zu verfügen wie die beiden Lederschürzen neben ihm. Was war dieser achtundzwanzigjährige Mensch eigentlich — am ehesten schien Meister

Koch die Sache zu treffen, als er zu Arcularius sagte: „Nu nu. Er ist eben mehr Bildhauer. Keiner macht so anständige Ranken und so gute Schrift auf die Schlagringe wie der Christoph. Ob er davon leben kann? Na, leben —. Auch seine Aufrisse stimmen. Gehn Sie mal heute rum und suchen Sie sich einen Kerl, der Ihnen eine Des-Glocke ausrechnet, ohne daß hinterher die Abdreherei losgeht. Meine Güte —".

„Gottlob", hatte der Pastor geseufzt, „ich brauche so einen Kerl nicht."

„Na ja, Sie, Herr Pastor" — Andreas Koch kratzte bei dieser Antwort umständlich den Pfeifenkopf aus und sein weißhaariger Schmiedemeisterkopf hing so tief über dem Rauchzeug, daß man nicht recht sehen konnte, wie er's meinte, als er fortfuhr: „Aber der Christoph, der wird noch. So. Jetzt zieht sie wieder." Die Pfeife hatte Luft. Der Pastor nahm auch einen längeren Atemzug, machte sich aber keine Luft, sondern dachte nur: sieh mal, der alte Koch — ein ungeschlachtes Handwerk und so spitze Reden.

Brümmer hatte es auch hinter den Ohren, sah den Christoph gelegentlich ein bißchen schief an, aber er schüttelte mit seufzender Anerkennung den Kopf dabei: „Der kann zuviel, um was zu können. So'n Lateinscher."

Denn zu seinem sonstigen Unglück war Christoph auch noch musikalisch: der richtige Glockengießer sieht den Musikanten, dem man auf der Fingerspitze einen Taler hinhalten kann, um das Geldstück mit der Feile anzuschlagen, nach der Tonhöhe des Klanges zu fragen und dann tatsächlich die richtige Antwort „Gis" oder „Des" einzustecken — so einen Kerl sieht ein alter Werkmeister jedenfalls als einen sehr respektablen, aber auch als einen sehr kritischen Stänker an: was hilft der blasenfreieste schärfste Guß, wenn es Leute gibt, die einen Unterschied zwischen Gis und As kennen?

„Neunzehn, zwanzig", zählte Christoph summend die letzten Schläge der Halbwegsglocke, „und jetzt kommt die Große, paßt auf — fis!", sang er vor sich hin und nickte mit dem Kopf zu jedem Schlag der großen Marienglocke, die bei den Glockengießern die dicke Susanne hieß — zu jedem Schlag, als ob der gesessen hätte bei ihm, dem Christoph ohne Hochzeitsrock und ohne Braut.

Jetzt setzte die Glocke einen Augenblick aus. Gleich mußte nun der zweite Teil des Geläutes beginnen — und der war nicht leicht zu ziehen für die Läuter. Die drei Männer hoben den Kopf: Christoph blinzelte mit den Augen und hielt das Ohr in die Richtung der Glocken, Zeise pfiff leise den erwarteten Ton, und der alte Brümmer hörte auf zu kauen, behielt den Bissen im offenen Mund und spannte auf den Einsatz. Da schlug die Halbwegsglocke an, nun die Klingel — jetzt mußte die Große kommen. Aber Susanne zögerte und schlug eine Sekunde zu spät, so daß die Halbwegsglocke in ihren Ton hineingeriet. Zeise lachte: „Läuten nennen die das."

Brümmer kaute verdrossen seinen Bissen zu Ende und sagte dann: „Lache nicht, August. So 'ne schöne Glocke un' solche Ochsen un'nen an' Seil. Drü'm in Ottfeld hatten m'r bloß ä kleenes Dreiergeläute. Aber das klappte. Mir hatten's Ziehen raus: am Seil ziehn, so, dann glei' nachlassen" — der Alte war aufgestanden und machte mit der Bierflasche in den Händen den richtigen Ottfelder Glockenzug vor — „los, un' nu' muß der Schlag ooch schon da sin. Un' so den ganzen Puls durch. Aber nich' etwa, wie 'ne Uhr tickt — mit Gefühl in'n Pfoten, versteht'r? Eh der dritte Satz kommt, der bunte, wißt'r, da muß es schwellen, un' dann los un' voll frei weg, daß der Glockenstuhl wackelt. Wenn mir de Glocken zogen, kamen de Menschen orntlich in Schwung! Dabei konnte eener heiraten! Ober bei so 'ner Baumelei da o'm. Die häng'n an'n Seil'n un' lassen sich ziehn."

Christoph stand auf: „Hängen und sich ziehen lassen. Ist schon richtig, Meister. Heiraten kann dabei kein anständiger Kerl."

Er schob die Mütze ins Genick und ging nach seiner Werkstelle. Zeise sah ihm nach, verzog das Gesicht und zeigte mit dem Daumen über die Schulter.

„Was is'n?" fragte Brümmer, schüttelte die Krumen von der Lederschürze und stand auch auf.

„Susanne, zieh — Kathrinchen, hüh —
Den Stoffel zieh aus seinen Schüh'",

summte Zeise im Ton und Takt des Fisdur-Geläutes auf dem Turm, das eben jetzt im vollsten Schwung war, und lachte dann lustig auf.

Der Werkmeister kriegte aber Falten in die Stirn und wies mit einer kurzen Kopfwendung nach dem Gießereitor: „'s is' Zeit. Singe nich, August."

2

Christoph arbeitete an diesem Nachmittage wie ein Besessener. Aber viel brachte er nicht zustande.

Andreas Koch kam herein: „Na, fertig?"

Nein, er war noch nicht fertig. Aber bald.

Koch sah nach seiner Uhr, nestelte den Schlüssel ab, zog sie in Gedanken langsam auf und sah Christoph dabei von der Seite an: „Machen Sie, Christoph. Wir müssen den Anschlag für die Kaltenborner Glocken morgen aus dem Hause kriegen."

Christoph rechnete und zeichnete: die Quintglocke, ein Meter Durchmesser, hundert durch fünfzehn, das macht auf den Schlag sechs Komma sechsundsechzig — jetzt essen sie den Braten, womöglich hält der Pastor eben die Rede: tamtamtam und aus tiefstem Herzen, holde Braut — na ja — Kathrinchen hat heute weiße Strümpfe an, seidne. Die passen gut zu ihrer gelben Haut. Sie hat sicher den linken Schuh ausgezogen und ihren Fuß heimlich unterm Tisch auf den ekelhaften Lackstiefel dieses Erfurter Ölmühlenbesitzers Kesselstein gestellt — oder nicht? Doch vielleicht nicht. Wenn ich nur wenigstens d a s wüßte. Ein Meter durch vier — nein, wahrscheinlich nicht! — durch vier ist fünfundzwanzig. Mal zwei: Durchmesser der Glockenhaube also fünfzig Zentimeter. Ob sie Angst hat? Damals beim Kaffee war sie aus beiden Schuhen geschlüpft, und dabei saß sie scheinheilig zwischen den alten Leuten und schwatzte das dumme Zeug mit. Gott ja: ich bugsierte den einen Schuh leise weg und klemmte ihn fest zwischen meine Füße. Als sie's merkte, tat ich nicht dergleichen. Ganz rot wurde sie und sah mich zornig an. Und mußte dabei immer lachen mit den Augen. Herrgott, ein gescheites Frauenzimmer, hell und klar und fest in ihrem schönen Leib, muß doch so einen öligen Hund durchschauen! — Vier Glocken kommen nicht raus bei dem vorhandnen Geld. So geht's nicht. Aber drei. Und die drei dafür richtig und schön gemacht — Christoph kam mit diesem Vorschlag heraus.

„Nichts da, Christoph!" — Koch schüttelte ärgerlich den Kopf und wischte mit seiner breiten Meisterhand über den Tisch — „die Oktave muß dabei sein."

Christoph zirkelte, den Bleistift quer im Mund, mit der einen Hand an der Zeichnung des Glockenprofils und wühlte mit der anderen in seinem blonden Haarschopf — das arme Mädchen. Arm? Und ich? Schämen soll sie sich. Ihre Mutter, die ehrgeizige alte Schraube — am Polterabend, als Kathrinchen über die Straße ging, mit dem Kranz aus Rosenknospen im Haar — wo liegt dieser Kranz jetzt? Zeise hätte diesem Doktor Kesselstein einfach die große Feile in die Zähne schlagen müssen, als der die Gießerei besichtigte, dieser witzelnde Windhund. Demnach hat die Glocke eine Kranzdicke — o Gott, der Rosenkranz — nein doch, die Dicke sitzt also rund zehn Zentimeter über der Mündung. Ich habe demnach sieben Zentimeter Buchstabenhöhe auf dem Kranz, sieben — was ist in sieben Tagen mit dem Kathrinchen? Morgen früh schon?"

„Fünfundzwanzig!!" schrie Christoph, „fünfundzwanzig

Zentimeter für das Wappen auf dem Glockenhals ist doch das Mindeste, wenn's anständig aussehen soll!"

Koch schob verwundert die Brille auf die Stirn und sah seinen Zeichner an: „Die Hitze steigt Ihnen wohl in den Kopf?"

„Entschuldigen Sie, Meister, aber —"

„Prim, Terz, Quint, Oktav — Christoph", sagte Koch und schrieb schon wieder.

„Aber drei schöne Glocken mit der richtigen, hoch modellierten Schrift und dem Wappen, wie sich's gehört, sind doch besser als vier kahle elende Schallröhren. Die Kaltenborner können die vierte ein paar Jahre später machen lassen und nehmen erst mal die drei für ihr Geld."

Nun lachte Andreas Koch, langsam und tief aus innen, und sah behaglich auf den jungen Menschen: „Sie lernen's nie, Christoph. Glocken wollen die Kaltenborner haben" — Koch war aufgestanden und ging auf und ab — „Glocken, verstehen Sie? Keine Wappen und Bilder. Denk mal, 's ist einer krank in Kaltenborn, zum Sterben krank, oder ein andrer, ein Gesunder, steht mit seiner Sense ganz draußen an der Kaltenborner Feldgrenze, und es ist um sechs am Abend — der im Bette ist müde, und der im Roggen ist auch müde vom Hauen: die wollen um sechs ihre Glocken hören. Mit den Ohren, Christoph! Und wenn die Glocken schön voll und rein klingen, sagen sie: jawoll, das ist Kaltenborner Geläut. Und sie haben nun eine kleine Zufriedenheit beim Heimgehen. Aber für ihr Auge ist die Glocke nicht da. Na ja, Sonntags, auf dem Kirchweg, sehn sie mal einen Schatten von den dicken Dingern oben in der Glockenstube hin- und hergehen. Mehr nicht."

„Für uns" —, fing Christoph wieder an —

„Für uns! Und für ein paar Stadtgelehrte, die auf den Glockentürmen im Lande herumkriechen und Bücher schreiben — na, und für den lieben Gott noch. Wir sehn die Glocken auch. Weiß schon, Dummbart. Unsereiner streichelt so einen Glockenleib wie sein Kind. Aber Christophchen, wir bezahlen sie nicht.“

„Wenn einer nicht so arbeitet, als ob er's für sich selber täte, dann ist das auch nicht Handwerk. Die Fabriken machen's mit dem Rechenbuch.“

„Sagt der Gesell“, antwortete Koch und zog Christoph am Lederriemen seiner Schürze an sich heran. „Der Meister sagt: soviel Kupfer, soviel Zinn, und dann Kohle, Holz, Arbeitslohn, Steuer, Zins und immer so weiter: das zusammen gibt die Kaltenborner Glocken. Denn Kaltenborn liegt auf der Erde.“

„Früher war's anders.“

„So? Da schwebten die Grünschnäbel zwischen der Erde und dem Himmel, he? Selber wie Glocken, und regierten mit Schall und Klang, mit Wollen und Wünschen, hm, Christoph? Die alten Meister haben auch nur so viel Glocke machen können, wie sie bezahlt kriegten.“

„Dann modelliere ich die Wappen ohne Lohn“, sagte Christoph trotzig, „und Sie geben die paar Kilo Kupfer und Zinn dazu, die nötig sind. Dann stimmt's.“

Koch lächelte: „So was kann für einmal schon stimmen. Aber die Welt besteht nicht aus lauter Christophs ohne Weib und Kind. Eine Glocke muß zuerst in ihrer richtigen Rechnung hängen.“

„Ihren richtigen Leib muß sie zuerst haben, Meister“, sagte der junge Mensch hartnäckig, der bei den Worten ‚Weib und Kind‘ den Kopf hatte hängen lassen und ihn nun bei ‚Rechnung' selbstbewußt aufrichtete. „Eine Glocke muß wie ein Mädchen sein. Man sieht's nicht, weil es in Röcken und Strümpfen steckt, und sieht's doch. Ich sehe die Glocken, wenn ich sie höre."

„Paß mal auf, Christoph" — Andreas Koch setzte sich in seinen abgeschabten Ledersessel, in dem schon sein Vater, Glockengießer vor ihm an diesem Ort, gesessen und auf die alte Pendeluhr gehört hatte, die jetzt ebenso gemächlich und sicher die Zeit abtickte wie vor vierzig Jahren — „dem alten Großherzog in Darmstadt, wo ich lernte, paßte das Glockenspiel auf dem Schloß nicht mehr. Er hatte gute Ohren. Wenn er Kaffee trank — bimbim bam, der Anfang war richtig. Aber dann kam eine falsche Quart, die Oktave schlug zu früh, und die Septime, auf die's vor allem ankommt beim Schluß der Melodie, saß saumäßig. So setzte er eines Morgens seine Porzellantasse hin und sagte: „Der Pfnorr soll kommen." Das war mein Meister. Der untersuchte da und dort — abdrehn? Das getraute er sich nicht. Womöglich kam das ganze Spiel aus Rand und Band. Der Großherzog bestellte also eine Kommission. Christoph, ich sage Ihnen: die Professoren haben gemessen und gerechnet und Versuche gemacht — und geredet haben sie! An stillen Sommertagen, wenn der Park verschlafen dalag, schimpfte und zankte das oben in der engen Turmstube — die Dohlen haben sich seitdem vom Schloßturm fortgewöhnt. Das Zanken hörte sich unten auf der Terrasse so ein, zwei Wochen ganz gemütlich an, aber eines Tages nahm der alte Herr seinen Krückstock und begab sich auf den Schloßboden. Von hier aus klang der Streit der Kommission ganz anders: das schallte und lachte und dazwischen klang auch was, mal hoch, mal tief. ‚Aha, sie sind an unseren Glocken', dachte die Hoheit, hinkte die Turmtreppe hoch, klinkte die Tür auf — und wunderte sich: die Professoren wunderten sich auch, machten tiefe Verbeugungen, damit sie noch schnell fertig kauen und hinunterschlucken konnten — sie frühstückten nämlich, und was hoch klang, waren die Gläser, und was manchmal tief klang, war der Bowlentopf gewesen. ,Sieh da', sagte der Großherzog, ,so läuten Glocken in der Nähe besehen. Nun, den Glocken, wie ich sehe, geht's wie uns. Man soll uns nicht in die Nähe kommen. Fürsten und Glocken müssen vernehmlich, aber schlecht zu erkennen sein.' — Dabei soll's bleiben, Christoph. Eine Glocke ist unsichtbar. Ein Geheimnis für die Leute. Die haben nur nach ihrem Schall zu fragen."

„Aber Glocken", begann Christoph — da steckte Zeise den Kopf zur Tür herein und meldete: „Ein Herr is gekommen. Nennt sich Herr Schweflin. Aus Lenne im Rheinland."

Herr Schweflin betrat die Zeichen- und Schreibstube der Glockengießerei zu Kranichstedt, und Meister Koch wie sein Gehilfe Mahr faßten schnell nach ihren Schlipsknoten und strichen die Ärmel glatt, um zu der großkarierten Pracht zu passen, die da lächelnd in die verräucherte Bude am Grammensand hereinschritt.

„Ingenieur Schweflin. Herr Koch?"

Der Meister wies auf den buntbestickten Lehnsessel. Christoph zeichnete weiter.

„Lenne", sagte Herr Schweflin und wartete eine Weile die Wirkung dieses Wortes ab. „Lenne. Stahlwerke Lenne, Rheinland."

„Hm", sagte Koch.

„Da die Lenner Stahlwerke nunmehr ihre Weltorganisation auf das Gebiet der Glockenfabrikation auszudehnen beginnen, wie Sie wissen —"

Nein, Andreas Koch wußte noch nichts davon.

„Nun, viele Gebiete der Glockenbranche", sagte Herr Schweflin nachsichtig, „liegen Ihnen fern. Die Schiffsglocke, die Uhrglocke, die Luxusglocke, überhaupt das gesamte Kleinglockenfach haben wir uns seit einem Jahr einverleibt. Restlos. Lenne. Stahlwerke Lenne. Die Kirchenglocken haben wir bis jetzt noch der alten Handformerei und dem Bronzeguß überlassen. Nunmehr legt sich Lenne auch auf die Kirchenglocke. Die statistische Feststellung des Jahresverbrauchs an Kirchenglocken ist noch nicht völlig abgeschlossen. Es muß ja die Breite und die Tragfähigkeit der religiösen Strömung im Volk untersucht werden — schwierige Fragen, verehrter Herr Koch. Aber Lenne steht jetzt auf dem Standpunkt, daß alle Umstände, die politischen, die ethischen, nicht zuletzt die Not im Volke, für eine Ausbreitung des religiösen Empfindens sprechen. Lenne rechnet vorsichtig mit einer Jahresfabrikation von fünfundzwanzigtausend Kirchenglocken."

Koch saß ganz still. Die alte Pendeluhr hinter ihm an der Wand tickte unbeirrbar ihre Zeit ab: ‚Laß nur, laß nur, laß nur', sagte sie. Koch seufzte: „Ich glaube, Sie greifen zu tief, Herr Ingenieur. Es werden viel mehr Glocken nötig sein."

Herr Schweflin war sichtlich überrascht. Er machte sogar eine kleine Verbeugung vor dem Glockenpatriarchen von Kranichstedt: „Wirklich, Herr Koch, nein, ausgezeichnet. Lenne wird mit besonderer Anerkennung von dieser wirtschaftlichen Einsicht eines, verzeihen Sie, doch immerhin etwas abgelegenen Betriebes Kenntnis nehmen. Sie erwarten also auch einen religiösen Aufschwung und damit die Belebung der interessierten Industriezweige?"

„Religion, Herr Ingenieur", sagte Koch, „mag sein. Wahrscheinlich sogar. Die Leute kriegen's mit der Angst. Aber ich meinte es anders. Sehen Sie, die alten Bronzeglocken hängen seit dem zwölften Jahrhundert hierherum auf den Türmen. Stahlglocken verrosten."

Herr Schweflin lachte nur. Gott sei Dank — in dieser Hinsicht konnte er den alten Koch vollkommen beruhigen: „Wir verfügen über Anstrichmethoden, die den Stahl vor Oxydation sichern. Absolut zuverlässig." Herr Schweflin erhob sich sogar, legte dem Kranichstedter die Hand auf den Unterarm und fügte hinzu: „Lenne. Stahlwerke Lenne!"

Aber Koch schüttelte den Kopf: „Angestrichene Glocken, Herr Ingenieur. Wie sehen die denn aus!"

Herr Schweflin beugte sich weit vor, zwinkerte mit den Augen und sagte halblaut: „Es sieht sie ja niemand."

Gleichzeitig blickten Andreas Koch und Christoph Mahr auf und einander an. Christoph warf den Zirkel hin, und Koch dachte: ich bin bald siebzig. Die da vor ihm, der zerraufte Mahr und der gebürstete Herr Schweflin, mochten beide zusammen so alt sein wie er für sich allein. Wieviel Glockengießermeister so alt wie ihn gab's noch? Wieviel Jahre insgesamt an Jugend, die eine neue Glocke machen wollte — die einen aus Traumgespinst, die andern aus Stahl? Die Knaben vor ihm: nun hatte der eine dasselbe gesagt wie er, der alte Meister — und damit das Gegenteil gemeint. Und beide zusammen, wenn sie losgelassen würden, brächten die Erzglocke um — der eine aus Liebe, der andre aus Frechheit. Andreas Koch zog die Augenbrauen hoch und fühlte dankbar den Wind, der eben durch die stickige Stube strich, der in den Papieren blätterte wie in altem Laub und der ihm eine silberne Haarsträhne in die Stirne wehte.

Ein, zehn, nein tausend Türme sah er im Land stehen. In allen gingen Glocken hin und her. Aber es bellte von den Türmen, heiser und böse, denn die Glocken waren verrostet. Die Menschen blieben erschrocken stehen, die Leichenzüge hielten an, die jungen Mütter mit den Taufkindern wandten sich um und flohen flatternd über die Felder —

„Gott sei Dank", ächzte Koch, „es soll ja Grammophonplatten geben vom großen Geläut der Glocken zu Köln am Rhein."

„Wie?" fragte Herr Schweflin. „Platten — nun, ich muß sagen, eine Mechanisierung des Glockengeläutes, etwa durch drahtlose Übertragung, würde dem tiefen religiösen Zug, der jetzt endlich wieder durch unser Volk braust — nein, Herr Koch, eine Mechanisierung würde der Innerlichkeit dieser Bewegung nicht entsprechen. Im Gegenteil. Wir müssen dem beizeiten mit allen Mitteln einer großzügigen Propaganda entgegenarbeiten."

Und nun kam Herr Schweflin mit seinem Angebot heraus: Koch, der alte Andreas Koch, sollte den Guß von Bronzeglocken einstellen — er würde dies ja ohnehin bald tun müssen — und die Landesvertretung der Lenner Stahlwerke, Abteilung Kirchenglocke, Uhrglocke und Luxusglocke übernehmen.

„Der Rost, die braven Motten und der alte liebe Rost" — Koch wischte über sein Gesicht und sah die Handflächen an, ob die etwa auch schon rot wären.

Sie waren nicht rot. Nur naß, vom Schweiß.

Der Ingenieur war endlich hinaus. Koch suchte seine Mütze und sagte: „Sei fleißig, Christoph. Morgen müssen die Anschläge nach Kaltenborn."

Er ging zur Tür. Aber er machte sie noch einmal zu und trat an den Zeichentisch.

„Christoph. Höre mal. Rechne! Ich sag's euch: Rechnet. Verachtet die Zahl nicht. Die da" — draußen ging eben der Motor des Wagens aus Lenne an — „die rechnen ohne Fleisch und Blut. Und ihr, ihr träumt. Da ist auch kein Blut drin. Nimm deine zwei Hände und wirke, was du kannst mit ihnen — aber nicht ohne das". Er gab Christoph einen Klaps auf die Stirne und ging hinaus.

3

Ein Ende wollte dieser Tag nicht nehmen. Die Profile der Kaltenborner Glocken waren fertiggezeichnet. Christoph konnte nach Hause gehen. Nach Hause? Das Haus, welches diesen Namen verdient hätte, stand ein gutes Stück von hier. Das erreichte er in dieser Nacht nicht mehr. In Ettersfelde, links am Dorfteich hinunter, am Abhang beim Gemeindeanger, da stand dieses Haus. Dort wohnte seine Mutter. Über dem runden Tisch hing eine Petroleumlampe, aber Frau Lina Mahr hatte sie noch nicht angebrannt. Sie mußte sparen. Sie hatte ja einen Sohn, der nichts war und nichts hatte, wie ihr Bruder, der Pastor Arcularius sagte. Nach Hause konnte Christoph heute nicht mehr, und er hätte dieses Haus gerade heute so nötig gehabt. Aber in seine Schlafstube im Oberstock der Kranichstedter Pfarre konnte er gehen. Sah er dort zum Fenster hinaus, erblickte er schiefe Grabsteine unten im Gras. Wenn es heute wenigstens regnete, wenn die Wolken brächen! Regenwasser, das von Leichensteinen tropft, ist heilsam für die Nieren und das Herz. Auch für das Herz. Er könnte es sammeln.

Das war ein Gedanke: dieses Tropfwasser sammeln — in einem fein geschliffenen Glas natürlich — und Kathrinchen schicken: einen schönen Gruß von Herrn Mahr, und sie möchte es sich gut bekommen lassen.

Aber es regnete ja nicht. Christoph schlenderte in die Gießerei und blieb vor dem Probeofen stehen. Da lagen seine Massekegel. Der eine bestand aus Lehm und Formsand, der andre aus Schamotte und Gips, wieder ein andrer aus Graphit und feuerfestem Sand — viele solcher Probekegel hatte er da liegen. Die wurden geglüht, um zu erkennen, welche die tausend Grad Hitze der einströmenden Bronze am besten aushalten, ohne sich irgendwie zu verändern. Christoph hatte sich in den Kopf gesetzt, eine neue Formmasse zu erfinden, in die man flüssiges Erz gießen kann und die sich nach dem Erkalten der Bronze von dem Metall abheben läßt, ohne zu zerbrechen. Er wollte eine Dauerform erfinden, denn die mußte den Bronzeguß wesentlich verbilligen. Manchmal sagte er sich: Dauerform? Ist so etwas auch anständig? Muß die Form nicht zerstört werden, so daß es immer nur e i n e n Guß daraus gibt? Aber ich will doch leben! Mit meiner Erfindung verdiene ich viel Geld. Wahrscheinlich wird ein Amerikaner kommen und mir mein Patent abkaufen. Und wenn ich dann Geld habe, dann, ja dann kann ich — Christoph zuckte zusammen: was kann ich denn dann?

Es dunkelte. In der Abendluft schwebten ein paar verlorene Klänge von ferner Tanzmusik. Hochzeitsmusik etwa?

Christoph hatte den großen Vorschlaghammer in die Hand genommen, ohne daß er es wußte, ging auf und ab und sagte sich in der bitteren Verzweiflung seines jungen Herzens, daß kein Amerikaner und kein Geld der ganzen Welt mehr zur Zeit käme und ihm helfen könne.

Aber die Flasche mit dem Heilwasser schicke ich ihr doch, dachte er.

Man müßte ihr gleich eine Waschwanne voll schicken.

Da kann sie baden drin. Baden! Vorgestern kam die Liese, das Mädchen von Frau Lichtermark, zu seiner Tante Arcularius in die Küche. Er wartete gerade auf sein Frühstücksbrot und hörte die Liese sagen: „Und ob die Frau Pastor uns wohl mal die große Wanne borgen könnte. Ja, unsre ist eingefallen. Die Trockenheit jetzt — wenn man nicht immer nasse Lappen über die Holzwannen hängt, fallen die Reifen ab."

Wozu? Na, zum Baden.

Wer denn heute, am Dienstag, bei Professors baden wolle.

Das Mädchen lachte bloß — ach so, und die Pastorin und die Köchin fingen nun auch an zu lachen.

Christoph hatte schnell sein Brot in die Tasche gesteckt und war gegangen. Nun stand er da vor der vier Meter langen Bahn aus Schwarzblech, auf der sie den Formsand trockneten, und schwang versonnen den gewaltigen Hammer hin und her. In Gedanken sah er die Liese mit der Badewanne über die Straße gehen. Jetzt machte sie bei Lichtermarks die Tür auf, zwängte sich mit der Wanne von der Seite durch und trug sie in Kathrinchens Schlafstube. Nun wurde ein großer Topf heißes Wasser hineingegossen. Noch einer. Wie das dampfte. Liese schüttete kaltes zu. Kathrinchen kam. Übermorgen hatte sie Hochzeit. Sicher hatte sie die roten Pantoffeln mit den weißen Punkten an. Morgen ist Polterabend. Sie probierte mit der Hand das Wasser: ‚'s ist gut, Liese', und Liese ging. Kathrinchen band die Schürze ab. Kathrinchen zog die Bluse aus. Den Rock. Machte die Strumpfbänder los. Übermorgen ist sie Frau Kesselstein — plötzlich packte den armen Christoph die dunkelrote Wut. Er hob den Arm, den Arm mit dem Hammer:

ich schlage zu, jetzt — da lag das riesige Schwarzblech, der Hammer zitterte senkrecht über Christophs Scheitel. Fällt er auf das Blech, so wird es einen furchtbaren Schlag geben. So kracht keine Glocke auf dem Turm in Köln in die Ohren des Irren, der sich im Geläute neben sie zu stellen wagt — jetzt — nein. Christoph ließ den rechten Arm sinken, fing mit dem linken die Wucht des Hammers auf und stellte den falschen Klöppel leise auf den Boden.

So war Christoph. Er hätte zuschlagen sollen, zuschmettern, daß das ganze Grammeviertel zusammenlaufen mußte, weil ja wohl die Welt unterging. Schadet nicht. Wieder zuschlagen. Und nochmals. Immer wieder. Dann hätten die Leute geschrien und Andreas Koch wäre furchtbar grob geworden — aber die Quälerei hätte für jetzt einmal ein Ende gehabt und Badewanne und Strümpfe und Doktor Kesselstein und alle Rosenkränze im Lande wären schmetternd und krachend zum Teufel gefahren.

Christoph fraß die Verwirrung in sich hinein und mußte nun das verknotete Knäuel verdauen, so gut es ging.

Er hatte den Hammer hingestellt und taumelte fast, als er zum Ofen ging. Wütend brach er die trockenen Kiefernäste klein, um Feuer zu machen. Beim Schichten auf dem Ofenrost mußte er aber anfangen auf seine Arbeit zu achten, zündete sorgsam die Stecken an und entfachte an ihrem hellen flüchtigen Feuer die tiefe und dauernde Glut der schwerbrennenden Holzkohlen. Als die schönen schwarzen Buchenkohlen rote Glutränder bekamen, seufzte er: „Wie ich“ — und trat dem unschuldigen Blasebalg dafür auf den fauchenden Bauch. Bei jedem Tritt leuchteten und atmeten die Kohlen. Sie seufzten mit Christoph um die Wette. Aber beide, die Kohle und ihr Brandstifter, wurden endlich aneinander warm und ruhig. Feuer zieht erst den Blick an und schläfert ihn dann ein. Der unverwandt ins Feuer sehende Mensch wird gebannt und kann die Augen nicht mehr abrucken von der Glut, die unter dem Tritt auf den Balghebel regelmäßig aufblinkt, eindöst, aufblinkt. Gleichermaßen wechselnd glänzte im Widerschein der Kopf des jungen Menschen auf und erstrahlte von Zeit zu Zeit gespenstisch verrenktes Gerät an den geschwärzten Wänden der großen Gießhalle.

Christoph spannte auf seine Arbeit: „Kegel dreiunddreißig", murmelte er. „Du bist meine Hoffnung. Benimm dich anständig. Die andern sind alle bröcklig geworden beim Ausglühen. Aber der fette Meißner Sand, der muß es machen. Dazu ein Teil Graphit und sonst nichts als Stärkewasser. Im Feuer hält nur, was einfach ist."

Er begann den Blasebalg stärker zu treten. Die Formmasse leuchtete schon hellgelb. Jetzt fingen die Ränder an weiß zu glühen — Christoph konnte nicht den kleinsten Sprung in der Masse entdecken. Der Formkegel rührte sich nicht. Er hielt!

Christoph bekam die gute Arbeitslaune: wenn jetzt ein Stahlsplitter oder noch besser ein Goldstück mitten in der Formmasse drin steckte, würde er das Metall von außen sehen können. Wie ein Schatten würde das eingeschlossene Gold in der weißglühenden Erde schweben — ja, richtige Glut macht alles durchscheinend. Sogar Dreck. Los, Christoph, tritt den Balgen, mache Wind, mache Sturm! Drücke den herrlichen Sauerstoff in dein Feuer, soviel du kannst, Mensch! Das ganze Ding muß weißglühend werden! Genau wie das Gold in der glühenden Erde, so muß Kathrinchen in der verdammten Frau Kesselstein stecken, und wäre Christoph der Sturm, und fände der dumme Christoph auch noch die richtige Kohle, so könnte er die Kesselsteinerin umfangen und sie so lange in die Weißglut hineinglühen, bis er das Kathrinchen in ihr erkennen könnte.

Ob es etwas gibt, irgend etwas auf dieser unbehilflichen Erde, das die Frau Kesselstein durchsichtig glühen kann bis in ihren innersten Goldkern hinein? „Wind und Sturm wollte ich schon machen, aber wo ist die Kohle?" sagte Christoph vor sich hin.

Da schlug eine grobe Faust an den Fensterladen neben dem Ofen.

„Was denn!" rief Christoph.

„Ich bin's. Mach auf. Sie kommen!"

Christoph stieß den Laden auf, sah Zeise draußen stehen und sagte, schon wieder auf seine Arbeit gebeugt: „Was denn nur, Zeise!"

„Die Hochzeiter kommen, Herr Mahr!"

„Klappen Sie den Laden rum. Die Luft zieht in meine Kohlen."

„Mensch, Mahr! Das müß'mer uns doch ansehn. Sie rollen im Auto nach Erfurt. Der Ölmüller steuert selber."

„Halt's Maul und mach meinen Laden zu."

„Los, Mahr. Wir rufen hurra, un es lebe Raps un Rizinus."

Christoph lachte widerwillig — ob ich sie noch einmal ansehe? Zeise macht Radau, ich brauche nichts zu sagen und sehe sie doch — das letzte Mal... Mit einem Satz war er auf der Fensterbank, mit dem zweiten draußen auf dem Rasenstreifen vor der Gießerei neben Zeise, henkelte ihn ein und trabte mit ihm die Schlippe hinunter zur Erfurter

Landstraße. Sie waren fast am Wegweiser der Kreuzung, als die nachtdunkle Straße, die zwischen dem Gebüsch ihres Schlupfweges sichtbar wurde, blitzartig im grellen Scheinwerferlicht aufblinkte. Bäume, Telegraphenstangen, schwebende Insekten zitterten kalkweiß ausgeschnitten in der Schwärze — ein weiches Sausen, der dunkle Husch des Kesselsteinschen Wagens, wie ein Spuk alles vorbei und wieder Nacht. Das war's? Christoph sprang über den Straßengraben: schon weit von ihm bohrte sich da hinten der weiße Lichtkegel in die Nacht, das rote Pünktchen des Schlußlichtes leuchtete eben noch — plötzlich war der Lichtschein weg. Der Wagen hatte die Kurve bei Ottfeld genommen und bog nun nach links in den Wald ein. Da: über den Bäumen ein weißer Schimmer! Noch einmal. Nun war der Schein für immer verschwunden. Christoph sah eine Weile hin, ob denn nicht noch einmal Licht würde. Aber es blieb Nacht.

„Bande!" sagte Zeise und zog eine Zigarettenschachtel aus der Brusttasche. „Bande! Früher, mit'n Pferden mußten se sachte fahrn und sich auslösen, wenn wir de Fuhre anhielten. Auch de Herrn Ölmüller mußten halten. Na, in der Schenke is' Tanz. Los, Mahr. Da sin Mädels genug. Die machen nich ssst — un weg sin se."

„Ich komme nach, Zeise. Will bloß nach dem Ofen sehn. Der brennt noch."

Christoph war es aber gar nicht nach Tanzen zu Mut, und seinen Ofen hatte er schon wieder vergessen, ehe der Satz noch ausgesprochen war. Zeise sagte: „Also" und verschwand in der Dunkelheit. Christoph stand immer noch auf der Straße und betrachtete die Wagenspur. In der Mondhelle konnte er sie im Staube erkennen. Wie eine graue Kette, die aus lauter Kreuzen bestand, war sie in die Straße Kathrinchens geprägt und führte irgendwohin. Nach Erfurt, hatte Zeise gesagt. Die Kranichstedter behaupteten auch, Kathrinchens Weg ginge nach Erfurt. Was die schon wußten. Erfurt? Erfurt ist doch eine Stadt. Nein, nein. Im Traume schritt Christoph auf der giftigen Spurschlange hin, fleißig mit den Stiefeln schurrend, so daß wenigstens die eine Wagenspur ausgewischt wurde. Auf dem Rückweg würde er dann die andere austreten. Nach einer mühevollen halben Stunde hatte er die Ottfelder Kurve erreicht. Bis hierher war nun die Spur der Frau Kesselstein ausgetilgt. Die halben Schuhsohlen waren freilich hin, aber wenn jetzt irgendein Esel käme und wollte rückwärtsgehend die Herkunft der Frau Ölmühlenbesitzer Dr. Katharina Kesselstein, geborene Lichtermark, feststellen, so konnte er lange suchen: eine halbe Radspur sagt gar nichts. Und die wischte er ja auch noch von der Straße weg. Keiner kriegt's mehr 'raus, woher sie gekommen ist, die blinde Trine, gackackack, die Gans. Mit ihren weißen Strümpfen. So, nun weiß sie selber nicht mehr, wie sie den Weg heim finden soll — „aber will sie ihn denn überhaupt wissen?!" schrie Christoph die Kirschbäume seiner Landstraße an.

Er bog in den Rainweg ab und ging auf die Ottfelder Höhe zu. Unter einem Nußbaum am Stallgebäude des Berggutes stand er still. Der Himmel war besät mit Sternen. In tiefster Nachtstille lag das Gelände vor ihm ausgebreitet. Ganz draußen, an dem waldigen Höhenzug, dessen Kamm er im weißlichen Monddunst schon nicht mehr erkennen konnte, fuhr lautlos die Lichtschlange einer Eisenbahn hin. Christoph lehnte sich an die feldsteinerne Stallwand und versank in den Anblick der nächtlichen Unendlichkeit. Kein Laut drang in die Ruhe, als manchmal ein ferner Hundeblaff und hin und wieder leises Kuhkettenklirren. Er riß ein Nußblatt ab, zerdrückte es und sog den kraftvollen Duft ein.

Grüne Nüsse färben die Finger schwarz, und wenn im Waschhaus bei Lichtermarks Pflaumenmus gekocht wurde, holte ihn Kathrinchen: „Von meinen Händen geht's nämlich wochenlang nicht ab." Er hatte gelacht: „Meinen schadet es wohl nicht?" Kathrinchen war ganz verlegen geworden: „Ihnen reibt beim Arbeiten der Sand die Nußschwärze aus der Haut."

Warum hatte sie ihn geholt? Die alte Götzen hätte die Nüsse auch geschält... Es erzählte sich gut beim Muskochen. Kathrine hatte Angst vor dem Spritzen. Den Holzdeckel mußte immer er abnehmen, und einmal, als das Mus hochplusterte, riß sie aus und flog ihm längelang in die Arme... Jetzt war die Eisenbahn da draußen ein ganz kleiner Lichtstrich geworden, eine weiße Made, die eben in den Tunnel bei Atzmannsdorf kroch. Nun mußte sie nahe an Erfurt sein. Ob Kathrine auch schon in Erfurt war? Allmächtiger Gott — in einer Fallgrube war sie, in einer Grube mit glatten Wänden, riesenhoch wie die Kavaten unter'm Dom. Ja, am Bahnhof mußte das Auto in die Stadt kommen, den Anger lang fahren, dann an der Gera hinunter — die Ölmühle dieses Doktor Kesselstein lag in der Pankraziusgasse. Christoph kannte sie. Die Kranichstedter schafften ihre Mohnsaat ja auch zu diesem Kerl. Das Haus mit dem gezackten Giebel neben der Mühle war das Wohnhaus.

Christoph sah mit brennenden Augen dorthin, wo Erfurt

und die Ölmühle und das Haus mit dem Giebel liegen mußten. Er konnte die Stelle genau erkennen: ein zarter rötlicher Lichtschein am Horizont war Erfurt. Da drin, in dem Schein, lag Kathrinchen.

Christoph wandte sich verzweifelt um. Kranichstedt war natürlich dunkel. Dunkel und leer: der Reiher ist fortgeflogen, und die Kranichstedter schlafen. Wo soll nun auch noch ein Lichtschimmer herkommen über dem ausgeraubten Nest? Doch — ganz am Ende der Stadt schimmert es auch rötlich. Da liegt ja der Grammensand. Wer ist da noch auf?

„Herr Gott, mein Ofen!“ schrie Christoph laut und rannte ohne nach Weg und Steg zu fragen über knackende Zweige zur Landstraße hinunter. Die Ottfelder Hunde wurden lebendig, bellten und rissen wütend an ihren Ketten.

„Mein Ofen! Die Kohlen brennen weiter! Brennt's schon?“ keuchte er atemlos.

Er nahm sich keine Zeit zum Stehenbleiben und Hinsehen. Die Feuerglocke schlug noch nicht. „Feuer!“ schrie er, und es war gut, daß niemand auf der nächtlichen Landstraße ging und den verrückten Menschen Feuer rufen hörte im freien Felde, ohne daß es brannte.

Mit seiner letzten Kraft jagte er die Schlippe hinauf — nein, es brannte doch wohl nicht! Der Laden stand noch offen und ging im Nachtzug leise hin und her. Mit kräftigem Schwung war Christoph in der Gießerei, und es war höchste Zeit, daß er kam. Der ganze Raum war voll Qualm. Herabgefallene Kohlen hatten Holz angeschwelt, das zum Glück naß war. Christoph tauchte den Eimer in den großen Bottich und goß ihn in die Glut. Zischend wölkte der Dampf hoch, aber es wurde gleichzeitig stockdunkel. In der Ecke glühte es immer noch. Christoph lief wieder zu dem Bottich und stieß in der Dunkelheit an eine große Blechtafel, die mit klatschendem Krach auf den Boden fiel.

Er wollte eben zum Lichtschalter tappen, da ging die Tür auf und der Meister Koch stand auf der Schwelle, in Pantoffeln, seinen braunen Mantel umgehängt, den derben Krückstock schlagfertig in der Hand — ein mächtiges Schattenbild vor dem besternten Himmel, und sagte drohend: „Sackerlot."

Das Licht flammte auf.

„Christoph! Ja, was denn, Junge! Was macht Ihr denn hier?"

„Die Kohlen, Meister. Die haben das Holz angeschwelt."

Koch besah sich die Wasserlachen, in denen die schwarzen Kohleschlacken schwammen. „Und wer hat die Kohlen angebrannt?"

„Ich, Meister."

„Und weiter, Christoph?"

„Ich mußte schnell fort."

„So schnell, daß das Feuer offen blieb in der Nacht? Wohin denn?"

„Nach Erfurt doch, Meister —"

„Nach —" Koch sah den Christoph Mahr sprachlos an.

„Nach Ottfeld meinte ich, Meister."

„Nach Ottfeld, Christoph?"

„Ich wollte —"

„Rede endlich vernünftig. Was ist los hier! Das Feuer offen, Erfurt, Ottfeld —", Koch sah seinen Gehilfen forschend an.

Christoph schlenkerte ein wenig den Eimer: „Ich wollte bloß den Wagen sehen. Den von Lichtermarks."

Es war eine Weile still, dann sagte der Alte: „Nun bring mir das alles wieder gut in Ordnung. Hören Sie, Christoph? Morgen früh ist's vorbei. Der Dreck hier und" — er schüttelte Christoph kräftig an der Schulter — „und der Dunst im Kopf. Das ist eine Gießerei, und das da soll ein Mann sein — denke ich. Das Wasser müssen Sie auch auftrocknen. Sehn Sie mal, die Schamotte am Ofen verträgt das nicht."

„Ich räume schon gut auf", sagte Christoph.

„Na ja, Christoph, das tun Sie mal. Reinemachen bis auf den Grund bei so einer Gelegenheit. Was, Christoph? Hochzeitsfeuer anstecken? Hm? Das soll ja Glück bringen."

„Es hat ja gar nicht gebrannt. Bloß geschwelt", sagte Christoph kleinlaut.

„Das w a r Ihr Glück", nickte Koch und lächelte. Christoph nahm den Reisigbesen und kehrte gewaltig. Koch zog seinen Mantel enger, sah dem Kehrer zu und sagte brummend: „Da" und „da auch noch. So ist's gut. Arbeiten können Sie, Christoph. Das fleckt bei Ihnen. Na, gute Nacht."

Die Türe fiel ins Schloß, und Christoph dachte beim Aufräumen an den alten Mann, der hinter ihm gestanden hatte und gesagt: da und da und nun dort. „Es ist gut, daß es alte Männer gibt, die sagen: da und da und jetzt so." Wenn er es laut gesagt und Andreas Koch das gehört hätte, wäre der ihm auf die Schliche gekommen. Stoffel, hätte Andreas Koch gesagt, du meinst, wenn jemand da ist, der befiehlt, ist auch jemand da, dem man was abhandeln kann.

Jedenfalls war Christoph im Augenblick zufrieden, und er sollte diesen bewegten Tag gleich noch mit einer viel größeren Zufriedenheit beschließen dürfen. Wie er so kehrte, rollte vor seinem Besenreisig ein unansehnliches Lehmhütchen über den Boden, das jeder andere mit der übrigen Schlacke in den Schutt geworfen hätte. Christoph aber sah es, ließ den Besen fallen, hob es lachend auf wie ein Kleinod und rief: „Formkegel dreiunddreißig! Keglein, dich hatte ich vergessen! Drei Stunden geglüht, davon zwei aus Versehen und nun auf den Steinboden gerollt und naß geworden und doch ganz und unversehrt! Das ist Feuer- und Wasser- und Dauerprobe in einem!"

Der Versuch war endlich nach langer Mühe gelungen. Die geheime Massemischung hatte sich bewährt.

„Ich werde Glocken gießen in meine eigene Formerde. Die Technik der Dauerform ist erfunden, und ich habe die Erde, welche den Feuerdruck aushält, geschaffen."

Nach dem Fortgang seiner Kathrine ein großes Erfinderwort: so war denn zwischen Morgen und Abend *eine* Erde für ihn versunken, und eine *andre* Erde hatte er geschaffen — denn die Tage, die im Alter kurz sind, geben in der Jugend mehr Raum, als eine Sintflut bewältigen kann.

4

Nach der Brandnacht kam ein Sonntag, und Christoph hätte ruhig einmal in die Kirche gehen und sich die Predigt des Hauptpastors, der doch sein Onkel war, aufmerksam anhören können. Schon ein ordentliches Stillesitzen, mit Musik und Rede um die Ohren, tut oft Wunder und erzwingt den wachen Schlaf der inneren Sammlung.

Aber Christoph war eben noch nicht dreißig Jahre alt und überließ das Insichgehen vorläufig der älteren Generation, die es damit eiliger hatte als er. Mit dreißig irrt man noch den Irrtum, welcher schön frisch und munter hält. Mit vierzig irrt der Mensch bereits im peinlichen Gefühl für das Unabänderliche seiner Natur, und wer nach fünfzig noch irrt — nun, der irrt, daß die Schwarte knackt, und muß mit seiner armen Schwarte dafür büßen.

Christoph war in den Jahren, die einem für den Irrtum etwas bieten, und sah das Leben für eine Unendlichkeit an, in der später einmal und irgendwie alles ins Gleiche gebracht werden wird. Man will zur Zeit nur noch nicht. Man hat erst allerlei anderes vor, und dieses verschwenderische Losleben ist das wahre Jungsein, denn darin — nicht in bestimmten Jahreszahlen — steckt die Jugend wie der Samenkern im saftigen Kirschfleisch.

Die schönste Morgensonne strahlte in Christophs abgeschrägte Dachstube und setzte das Sofabild von Christus, der auf den Wellen geht, in ebenso klares Licht wie den jungen Menschen, der im Hemde am Fenster stand, Arcularius drüben in der Kirche reden und singen ließ, während er mit seinem gebrannten Formkegel Nummer dreiunddreißig liebäugelte. Er merkte dabei nicht, daß ein elender gebrannter Lehmklumpen hinreicht, um die Art Mensch, zu der er gehörte, glücklich zu machen. Kathrinchen — ach ja: aber es ist jetzt früh am Tage. Es schwebt Hoffnung im Sonnenstaub der frühen Stunden. Die Luft riecht nach nassen Blättern — und bis zur Nacht ist es noch weit. Christoph sah jetzt seine eigene, wenn auch nur tönerne Schöpfung verliebt an, und das schmutzig-rötliche ruppige Hütchen schien ein blanker Spiegel zu sein, in dem ihm die Erfüllung aller Wünsche lieblich aufblinkte: Glück, Reichtum, Ruhm — die Tat und ihr Erfolg.

Ein Lehmklümpchen, festgebrannt wie Ziegelstein — das ist seiner künftigen großen Taten erstes Handwerk, das er selbständig getan hatte. Daß die Oberfläche seines Steines fein, zart und fest war wie ein alter griechischer Weinkrug — das hatte ihm sogar Meister Koch zugeben müssen, als er kopfschüttelnd das Ding in der Hand herumdrehte.

Christoph zog sich an, steckte seine gebrannte Erde in die Rocktasche und machte sich aus dem Hause.

Er ging auf den Zehenspitzen. Das war eigentlich nicht nötig, denn die Hausbewohner saßen sämtlich drüben in der Kirche. Aber die Kunst des Verschwindens gehörte zu den wenigen Lebensfähigkeiten, über die Christoph bereits verfügte. Er hatte gelernt, daß auf Treppen, Vorsälen und Türschwellen mehr Zeit verloren wird, als Gott dem Menschen im ganzen zugemessen hat. Es gibt Schwellenmenschen, deren gesamtes Tun und Wirken vor Türschwellen und auf Treppen vor sich geht. Nicht etwa nur neugierige kleine Leute wie Scharwerker und Botengänger gehören zum Schwellenstamm, stellen sich als lebendige Menschenfallen an den Verbindungswegen der Menschheit auf, packen die arglos ihrer Arbeit Nachgehenden mit einem höflichen „Grüß Gott" und ziehen ihrer Beute erbarmungslos so Zeit wie Gedanken über die Ohren: auch gescheite, berühmte Leute stehen gern auf allerlei Treppen und Schwellen und warten auf die Ortsveränderungen der anderen, um ihre Nasen in Dinge zu stecken, die sie nichts angehen, oder die fremden Nasen mit verbindlicher Zähigkeit in ihren Quark zu drücken.

So weit also war Christoph, daß er Ortsveränderungen unangemeldet, schnell und unauffällig vornahm. Daß ihn die Leute, welche wie Maden immer in andre kriechen müssen, dafür einen Heimlichen nannten, freute ihn ebenso wie den Geldsammler, wenn's klappert in der Büchse.

Auch den Pfad aus weißen Kalksteinplatten, der aus dem Pfarrgarten an der Kirche vorbei über den Friedhof zur Straße führt, ging er noch vorsichtig. Der ungeheure Steinbau St. Marien neben ihm summte wie eine Muschel tief und wogend von der Musik im Innern. Dieses melodische Rauschen mochte er nicht stören. Aber auf der Straße trat er nun fest auf. „So", sagte er, „bis um eins bin ich in Sicherheit. Dann essen wir Mittag" — er seufzte — „Lichtermarks sind eingeladen, weil von der Hochzeit her ihr Haus noch auf dem Kopf stehen soll." Hochzeit ... nein doch. Nicht daran denken. Die Häuser fangen davon zu brennen an.

„Diese Frau Kesselstein sitzt jetzt in Erfurt und trinkt

Kaffee — mag sie tun, was sie will. Ich gehe in den Wald. Der brennt nicht und steht nicht auf dem Kopfe."

Christoph schritt kräftig durch die Straßen. Im Walde draußen, bei den Haselbüschen, fing er an langsamer zu gehen, endlich stand er still und dachte nach, wie es kommt, daß beim Heiraten die einen Häuser sich auf den Kopf stellen und die anderen anbrennen. Er fand den Grund nicht, zog seine Erde aus der Tasche und besah sie von allen Seiten: die Erde hier ist ausgeglüht. An der brennt nichts mehr. Aber was ist aus ihr geworden — unfruchtbar, unbewohnbar, ungenießbar —

In seiner Trübseligkeit hatte Christoph nicht gehört, daß hinter ihm auf dem weichen grasigen Waldweg der alte Gemeindediener Schratte mit einer Schubkarre voll Gras gefuhrwerkt kam.

„Na, Herr Christoph, was ha'm Se'n da Scheenes. Hähä, ä Schteen!"

Christoph fuhr zusammen: „Schratte! Ich bin erschrocken. Was machen Sie denn hier im Holz in der Sonntagsfrüh?"

Schratte zeigte auf sein Führlein: „De Ziegen wolln Futter. Doch Sonntags."

„Wir auch", murmelte Christoph.

„Wolln schone, hähä. Aber mer kriegen's nich immer."

„Ja, unser täglich Brot. Da, Schratte, sehn Sie mal: das Stück Ziegel hier kann Brotkorn schaffen. Für einen, für zwei, vielleicht für eine halbe Stadt."

„Das wär' ä Ding, Herr Christoph. Als ich jung war, in'n siebzcher Jahr'n, wohnte hier in Kranichstedt so ä altes Hexenmensche. Die Gruberten. Ja. Die konn'e Schteene besprechen."

„Was kam denn vom Besprechen?“

„Nu, was jed's wollte. De eene wollt'n Kerl. De annere ä Kind. Wieder eene, und die kamen am meisten geloofen, wollte kee Kind — wie's so is.“

„Wenn die Alte noch lebte, weiß Gott, Schratte, ich ließ meinen Ziegel von ihr besprechen.“

„Wo fehlt's denne, Herr Christoph?“

„Der Stein hier soll Frucht tragen.“

Schratte nahm das erbärmliche Lehmhütchen in die Hand, drehte es mißtrauisch hin und her und sagte: „Nu, viel is nich d'rmit. Ä Ziegelschteen. 'S soll wohl ä Haus wär'n?“

Christoph schüttelte den Kopf: „Nicht für mich ein Haus. Für Glocken, Schratte. Das ist Formerde. Aber eine ganz besondere. Ich habe sie erfunden.“

Schratte gab dem jungen Mann den Stein zurück und schüttelte den Kopf: „Äne Erde erfinden. Un' was die Erde alles soll. Eener sät sei Korn 'nein un' denkt, der liebe Gott soll's hundertfält'g uffgehn lassen. Eener wieder gießt Glocken 'nein, un' die solln ooch uffgehn. Damit die'n lieben Gott von recht weit rufen könn'n. Der alte Gosert macht Töppe draus un' fährt uff'n Märkten rum, damit er sei bißchen Nahrung hat. Die Töppe solln ooch uffgehn. Nu, un' der Herr Pastor sagt, was der alte Adam is, der wär ooch aus so än Klumpen gemacht, hähähä, un' der soll ooch uffgehn.“

„Ja, Schratte, ernten wollen wir alle.“

„Freilich, Herr Christoph, jeglicher will de Erde kommandieren un' regieren uff seine Weise, un' verschandiern' will er se, so sehr e' kann, d'rmit se zu ihm paßt. Aber's Brotkorn in'er, das is de Hauptsache. Da! Heern Se?“ —

er klopfte mit Christophs hart gebrannter Erde an den eschenen Stiel seiner Grasgabel — „da drinne wächst keene Quecke mehr. Na, machen Se's gut, Herr Christoph. 's hat jeder so seine liebe Not."

Er hing sich den Karrengurt wieder um die alten krummen Schultern und rollte seine Last sachte und mit Bedacht über das Stückchen Erdkugel, das Gott dem Vater Schratte anheimgestellt hatte.

Christoph sah dem Alten nach: da fährt er hin mit seinem Gras, und alles — Mann, Karre, Gras und Ziege — ist so selbstverständlich, steht so ohne Entschuldigung und ohne Erklärung fest in der Welt. Und ich? Ich habe einen gebrannten Lehm in der Hand. Daß in diesem dürren Ziegel keine Quecke wuchern kann, ist alles, was so ein alter Ziegenmelker zu meiner Erfindung zu sagen hat. Die Leute hören immer nur ihre eigene Glocke läuten.

Hinter dem Wald schlug eine Uhr. Christoph zählte die Schläge und steckte schnell seinen Ziegel ein. Es war höchste Zeit, wenn er pünktlich zum Essen erscheinen wollte. Sie deckten gewiß schon den Tisch. S e i n e n Tisch!

Mit diesem Tisch hatte es eine Bewandtnis. Den Grasgarten des Pastors hegt eine hohe Mauer ein, und in dem windgeschützten Winkel zwischen Mauer und Hauswand steht eine alte Linde. Der Vorgänger von Arcularius hatte ein ausgedientes Mühlrad vom Grammeufer mit vieler Mühe unter diese Linde schaffen und auf vier niedrige Findlingsblöcke stellen lassen. Dieser Riesentisch war weitgeschätzt im Land, denn Arcularius hielt keine Predigten an ihm, sondern pflegte an warmen Sommertagen einen vortrefflichen Moselwein auf seine Platte zu stellen.

Um dieser seiner Oberfläche willen sollte der Tisch jedoch

bald eine noch größere Berühmtheit erlangen. In der vorigen Adventszeit hatte sich Christoph über die Steinplatte hergemacht, denn die war von ihrer einstigen Mahlarbeit uneben und später vom tropfenden Wasser noch rauher geworden.

Er meißelte die Oberfläche erst mit dem Zahnmeißel und dann mit dem Flacheisen schön eben. Zuletzt schliff er sie sogar mit Schmirgel glatt. Das war in der kalten Jahreszeit keine geringe Arbeit gewesen, aber dafür konnte er seinem Onkel Arcularius zu Weihnachten ein willkommenes Geschenk erweisen.

Die Flaschen und Gläser wären ja nun auf dem Tisch nicht mehr umgefallen. Die Platte hatte keine Mulden, aus denen an Regentagen die Rotkehlchen trinken konnten. Jedoch — der Erfinder Christoph Mahr war ein Mann, den die eine Handlung immer in die benachbarte hineinstieß: wie nämlich die feinkörnige, rötliche Sandsteinplatte lecker und glatt gleich einem feinen Zeichenbogen vor ihm lag, erwachte die Lust am Gestalten in ihm: dieses Mühlrad sollte einen Steintisch geben, wie keiner weit und breit unter einer Linde stand.

Christoph fugte die viereckige Öffnung, durch welche bei Lebzeiten des Mühlrades die Getriebeachse gegangen war, sorgfältig mit einem gleichartigen Stück Stein aus. Dann zeichnete er genau nach dem Kompaß die vier Himmelsrichtungen auf und meißelte zur Bezeichnung des Nordens, Südens, Ostens und Westens vier Sinnbilder flach in den Stein. Diese Vertiefungen goß er mit Blei aus und schliff zuletzt die Intarsien mit der Platte zusammen eben und bündig.

In der Mitte des Tisches war eine Sonne zu sehen, die

ihre Strahlen nach allen Seiten sandte. Aber es war keine unparteiische himmlische Sonne, sondern eine in Vorurteilen befangene menschliche Sonne geworden: ihre längsten und üppigsten Strahlen warf sie nach Süden, die kürzesten und dürftigsten nach Norden.

Im Norden war ein alter Mann abgebildet, der gebückt am Stabe ging und mühselig eine Last dicker Bücher auf seinem Rücken schleppte.

„Das soll wohl ein Buchhausierer sein", erläuterte Frau Arcularius ihren Gästen dieses nicht ganz offenkundige Nordbild.

Im Osten sah man ein Kind mit Blumen spielen, im Westen einen kräftig ausschreitenden Jüngling in die abnehmende Zeit hineinmarschieren.

Im Süden aber bildete Christoph ein schönes nacktes Weib, das sich blumenweit offen in den Strahlen der ungerechten Sonne dehnte. Dieses Frauenbild war ebenso gewiß das Schönste auf diesem Himmelsrichtungstisch, wie jene Abstufung der Sonnenbestrahlung das unverschämte Epigramm eines jungen Menschen genannt werden muß, der nichts hat, nichts ist und wahrscheinlich auch nicht viel wird.

Der Professor Lichtermark hatte bei dem Studium der südlichen Intarsie geschmunzelt, während sich Arcularius auf ein „nun nun" beschränkte.

Frau Arcularius stellte immer eine Tasse oder ihren Nähbeutel darauf. Der Pastor rückte, wenn er am Abend versonnen den Tabakrauch in das Lindengeäst blies, diese Gegenstände von ungefähr beiseite. Der alte Lichtermark, wenn er zu Besuch war, jedoch mit Geräusch: man müsse doch sehen, was die Sonne am liebsten bescheine.

Die Pastorin verstand wenig von Handwerk und dachte,

mit der Zeit würden diese Bilder wohl etwas verwischen. Aber Glockengießer kennen ihre Metalle: die Bleibilder standen immer dunkler und klarer auf dem rötlichen Sandstein, und es war gar nicht abzusehen, wie deutlich sich das bleierne Frauenzimmer auf dem Pastorentisch noch räkeln würde.

„Findest du nicht auch, Leberecht", hatte Frau Arcularius einmal zu ihrem Mann gesagt, „Blei ist bei seiner Billigkeit doch ein recht aufdringliches Metall."

Aber Christoph war so glücklich, antworten zu können: nein, Blei sei der nächste Verwandte des Goldes.

„Ach Verwandtschaft", sagte die Tante ärgerlich — sie war eben in metallurgischen Fragen nicht so bewandert wie ein Glockengießer.

Zu diesem aus drei Gewerken, dem Müller-, dem Steinmetz- und dem Glockengießerhandwerk, hervorgegangenen geistlichen Sinnbildertisch lief nun Christoph Mahr, sein Schöpfer, mit mächtigen Schritten hin — über grüne Waldwege, über staubig blendendweiße Stadtstraßen: es eilte wirklich.

Trotz seiner trostvollen Bilder unter'm Tischtuch hatte Christoph Angst vor dem Mittagessen gehabt: wovon werden sie reden? Von Frau Kesselsteins Brautkranz, von der Seidenfahne, die sie anhatte, von den fünf Gängen — den Nachtisch nicht mitgerechnet...

Aber es ging besser, als er dachte. Neben ihm saß der alte Lichtermark. Der sah ihn zwar manchmal von der Seite an — Christoph fühlte es wohl — aber dann begann er schnell irgendetwas zu reden und legte dabei seine Hand auf Christophs Ärmel: „Wissen Sie, lieber Mahr, ich als

Glockenprüfer und Musikant muß es wissen: eine wirklich gute Glocke macht unter allen Musikinstrumenten die tiefste und mannigfaltigste Musik. Da denken die Leute, eine Glocke hat nur einen einzigen Ton, ein a, ein fis, ein es, den sie eintönig bam bam bam durch tausend Jahre vor sich hinläutet."

„Wenn sie schlecht geläutet wird, hören die Leute auch wenig mehr als den Grundton", sagte Christoph, „und die Kranichstedter läuten nicht gut."

„Hm. Zum Beispiel gestern. Sie haben Gehör. Sieh mal an. Gewiß, Mahr. Die Glocke muß eben bis in die Waagrechte geschwungen werden. Dann erst geht das Tongewoge los, und die Obertöne kommen heraus, die Terz, die Quinte, die Oktave. Hochläuten ist die Hauptsache. Der Klöppel darf nicht bimmeln. Er muß möglichst langsam ausschlagen, damit zum Klang der Glockenaußenwand auch noch der Ton aus dem Innern heraus und sich entfalten kann. Dann noch das richtige Wetter und ein ordentliches Klangfeld, so daß der Wind — der lebendige Gotteswind spielt das Geläute erst — daß die bewegte Luft die Töne aufnehmen und modulieren kann! Leberecht, was gibt ein gottvolleres Tönen in der Luft als so ein gekneteter, wogender Akkord! Prost, lieber Mahr! Sie trinken ja gar nicht, Menschenkind! Prost, Kinder! Auf alle guten Glocken im Reich!"

So redete der gute alte Lichtermark sich und den Christoph über den Anfang weg. Aber auch weiterhin stieß dem Tischgespräch kein Unglück zu. Das lag nicht an dem guten Willen der beiden Damen, die sich recht gerne über den Schnitt neuerer und älterer Brautkleider, vielleicht sogar über Mohn- und Rapsöl unterhalten hätten.

Aber es sank aus der tief goldengrünen Lindenkrone ein unüberwindlicher Frieden herab auf den Tisch und seine Anfassen.

Nur in den Hundstagen strahlt die erwärmte Erde Kräfte aus, die an dem unbewegten ewigen Frieden der höchsten Luftschichten zu saugen vermögen. Nur in dieser Zeit zieht manchmal ein Schwaden dieser zuäußerst am leeren Weltraum simmernden Luft durch das Schweißgewölk und den Rauch der Erde und bleibt eine Gnadenstunde auf ihr liegen.

Hundstage sind die tiefblauen und saatengelben Tage des Sommerfriedens, in denen die gepeinigte Welt vier Wochen lang nach reifem Korn riecht.

Kranichstedt liegt in seinen Hundstagen, wenn früh, mittags und abends die bleiernen Sinnbilder des Steintischs mit einem dickfädigen Leinentuch bedeckt sind. Dann stehen die Schüsseln, Teller und Kannen in webendem Schatten und blitzen nur sekundenlang an einem pfeilgeraden weißen Strahl auf, der den Weg durch das ungeheure Blatthaus der alten Linde gefunden hat.

In seinen Hundstagen liegt Kranichstedt, wenn das Tischgespräch friedevoll auf und ab geht über dem Grundton des Bienensumms in der Lindenkrone. Und im Herzpunkt der Hundstage endlich liegt die gesegnete Pfarre St. Marien, wenn das Mittagsgespräch ruhig weiterfließt, obwohl das Summen oben plötzlich zum Brausen anschwillt:

„Die lieben Bienen“, murmelt Arcularius mit halboffenen Augen.

Das Bienenvolk wird in den Hundstagen manchmal von einer gemeinsamen Wut gepackt und rast dann taumelig in die Kelche, um die ganze Linde auszutrinken bis in ihren Markſaft hinein.

Es gibt aber auch Feſthundstage.

An denen befiehlt Paſtor Arcularius, daß man einen Holzzuber voll friſchen Bornwaſſers hinter ſeinen Stuhl ſtelle, damit ihm der Wein handlich und kühl ſei.

Ein ſolcher Tag war heute, und alle Hundstagsmächte hatten das ihre getan, von der Lindenkrone bis in den Holzzuber hinab. Die Frauen waren ſchon aufgeſtanden, um die Roſen zu beſehen, und die beiden Alten machten Miene, einer weiteren Flaſche den Pfropfen zu ziehen. Chriſtoph, den ſeines Nachbarn Lichtermark Lebenskunſt endlich ſicher gemacht hatte, zog den Korken heraus, ehe noch Arcularius ſagen konnte: „Na, Fritz, denn wollen wir wohl."

Dieſe Tatkraft erleichterte nun wieder Lichtermarks Herz. Er klopfte Chriſtoph auf die Schulter: „Brav, Mahr! Glockengießerei iſt ein tüchtiges Handwerk und erzieht ſeine Leute. Weißt du, Leberecht, wenn ich ein Herr und König wäre, gäbe ich den Befehl, hunderttauſend Glocken für mein Reich zu gießen."

„Und wo nimmſt du die Kirchtürme für ſie her, Herr und König?"

„Kirchen, Leberecht? I wo. Die Glocken laſſe ich aufhängen rings in meinem Reich — überall wo ein Herz ſeine Nahrung finden kann: in Wäldern, in Kornſteppen, zwiſchen Felſen, oben auf den Bergen, aber auch unten zwiſchen den Weinbergen, Alter, und dann am Meere —"

Arcularius lachte: „Das muß ein Läuten ſein in deinem Reich. Ich ſehe ſchon, wie die Menſchen aufbrechen und geſtrömt kommen. König, hüte dich. Bauern laſſen die Pflüge ſtehn, die Weiber ihre Töpfe, das ganze Reich iſt unterwegs, und deine hunderttausend Glocken läuten und läuten — jetzt sehe ich, wie die Menschen angekommen sind, jeder Strom bei seiner nächsten Glocke — na, und?"

„Und, Leberecht?"

„Ja, wie nun weiter? Wer verkündet's Wort?"

„Mensch! Leberecht! ‚Wer' hast du gesagt? Der Berg, der Baum, der Fels, das Wasser —"

„Na, da wünsche ich dem Herrn und König ein fröhlich Regiment! Und der Geist, Heidenmensch?"

„Den verkündigst du, Leberecht. In der Kirche. Schon gut. Aber an das dunkle Leben im Gras und im Vogel, an das Weben im Wasser und im Stern, an das Sterben des Wurmes und an das Wiederkommen der Kreatur — da ließe ich das Reich doch auch gewaltig heranläuten. Mit hunderttausend Glocken! Und das deutsche Blut käme, verlaß dich darauf. Ich würde Glöckner einsetzen — da hätte ich gleich die richtigen Pfründen für meine Dichter und Maler — und ich, Leberecht, ich als König bin natürlich der Großglöckner im Reich. Und wenn hier oder da, dann oder wann ein Stück Erde sich offenbarte und aufbräche, dann müßte der zuständige Glöckner zum Seil springen, Mensch, und ziehen, ziehen! Und ich läutete die Großglocke des Reichs."

Arcularius schlug auf den Tisch, aber Christoph rief begeistert: „Am gewaltigsten wäre es, wenn die hunderttausend Glocken in Kirchen hingen, welche Raum böten für die Offenbarung der Erde!"

„Grünschnabel", sagte Arcularius, „ich werde mich bei deinem alten Lateinlehrer Pohl in Erfurt beschweren, Christoph, weil er dir den lateinischen Geist nicht tief genug eingeimpft hat. Rede nicht so liederlich, Fritz. Du siehst ja — ein alter Esel zieht immer ein paar junge hinter sich her."

„Leberecht, wieso ein paar junge hinter mir altem Esel — soviel jünger als ich bist du denn nun doch nicht."

Es war nie zu wissen, wie weit Arcularius Spaß verstand: „Wie dem sei", sagte der Pastor und bewegte die Lippen mächtig wie bei einer Predigt, „die Glocke gehört in den Kirchturm."

„Die Glocke ist ein Musikinstrument. Schenke mir noch mal ein, Leberecht", sagte Lichtermark trocken.

„Da kennst du das Glockenrecht nicht, Fritz. Die Glocke ist als ein Instrument definiert, das den Zweck hat, Menschen zusammenzurufen — zur Andacht, zur Feuersbrunst, zur Versammlung —"

„Zur Hinrichtung", fügte Christoph ein.

„Schweig, Christoph", sagte Arcularius.

Lichtermark brannte gerade eine neue Zigarre an und konnte im Augenblick nichts sagen, obgleich der Hundstagsfriede sichtlich in Gefahr kam.

„Habe ich nicht recht, lieber Onkel?" fragte Christoph bescheiden. „Jedenfalls dient die Glocke nicht allein kirchlichen Zwecken. Warum soll ich mir nicht eine Glocke kaufen und die läuten können, wenn mich meine musikalische Begabung gerade auf die Glocke weist?"

„Wahrscheinlich schon des Lärmparagraphen halber, mein Sohn", sagte Arcularius halb versöhnt.

„Lärm!?" rief Lichtermark.

„Aber wenn ich Posaunenbläser bin, darf ich doch auch üben", beharrte Christoph.

„Der bläst aus Broterwerb", antwortete Arcularius.

„Bläst er dann von Herzen oder auf dem letzten Loche —

hiermit meine ich natürlich den Magen, Leberecht", mischte sich Lichtermark in den Streit.

„Ihr seid Narren alle beide", sagte Arcularius und stand auf. „Nimm die Zigarren, Christoph. Ich denke, wir trinken den Kaffee vorn am Bienenhaus."

Lichtermark lachte in seinem brummenden Baß vor sich hin, knöpfte die unteren Westenknöpfe zu, die er im Schutz des Steintisches geöffnet hatte, und sagte unterwegs Christoph ins Ohr: „Merkwürdig. Unten, wo die Kirche an die Erde stößt, ist sie wie Justiz gebaut. Na, unsereins hat Wurzeln dort. Von unten her muß man sich vollsaugen können. Wie das Korn."

5

„Gegen den Guß kann keener was sagen", knurrte Brümmer und stupfte mit der Nase beinah auf das Metall, so genau suchte er die Gußhaut nach Poren ab.

„M'r sollte denken, 's machte dem Alten Freude. Aber nee, der geht wie ä Bär rum", sagte Zeise, der ein neues Blatt in den Sägebogen einzog, um den letzten Anguß abzuschneiden. Stakig wie ein Schilfstengel wuchs der Metallschaft aus der Glocke. Von den anderen Luftröhren und Eingüssen standen nur noch die Stumpen da.

„Schneid los", drängte Brümmer.

Zeise sägte — unbeirrt langsam, ebenmäßig und mit Gefühl: er war ganz bei der Sache, und die war jetzt sein Sägestahl, der knirschend die glasig harte Glockenbronze auf einer millimeterbreiten Bahn in goldgelbe Spänchen zerrieb, welche an dem Glockenhals niederrieselten. Nicht ein einziges Mal klemmte sich die Säge fest. Brümmer nickte.

Mit Glockenbronze ist nicht zu spassen: um der Reinheit des Klanges und der Widerstandsfähigkeit gegen den schlagenden Klöppel halber muß dem Kupfer eigentlich viel zu viel Zinn zugesetzt werden. Das gibt dann eine hell klingende, aber äußerst harte, fast spröde Bronze, die der Nacharbeit mit Feilen, Sägen oder gar Meißeln schweren Widerstand leistet. Die Glocke ist der größte Metallkörper, den man überhaupt aus solcher Legierung herstellen muß und herzustellen wagt.

„Nee doch! Säge weiter!" rief Brümmer und zupfte an Zeises Schürzenriemen. „Beinah durch! Das verfluchte zeit'che Abbrechen. Is' bloß Faulheit. — So, August, nu kannste."

Zeise drückte gegen die angesägte Angußstange. Es gab einen kurzen Knack. Brümmer nahm das abgesägte Stück in die Hand.

„Scheenes Metall", murmelte er. „Dichte wie Seefe."

„Grauer kann die Bruchstelle nicht sein", sagte Christoph, der mit einem Wassereimer und einem Stück Sandstein in die Gießhalle gekommen war und Brümmer über die Schulter sah. „Zweiundzwanzig Teile Zinn. Wer vom Figurenguß kommt, wundert sich immer wieder, daß sowas überhaupt geht."

Brümmer schmunzelte in echtem, gehörigem Werkmeisterhochmut — aber nur nichts zugeben: „Abwarten, Mahr. De Zinnschtellen kommen erscht raus, wenn de Gußhaut abgeschliffen is."

„Die wär'n doch nich", sagte Zeise. Er warf die Eingüsse der gestern gegossenen kleinen Glocke auf einen Haufen und fing an, sie in tiegelrechte Stücke zu zersägen. Christoph tauchte seinen Sandstein in Wasser und begann zur Probe ein Stück Gußhaut abzuschleifen. Brümmer maß an einem gemauerten Glockenkern, auf den morgen die Lehmschicht aufgetragen werden sollte.

Niemand redete. Das alte Männchen, welches hinten den Schmelzofen ausräumte, sprach überhaupt selten: es steckte meistens in seinen Ofenlöchern und bekam Ruß in den Mund, wenn es ihn aufmachte. Der dicke Ruppert aber hatte schlechte Laune. Er siebte Sand und rauchte dazu.

„So. Die liegen tiegelfertch da für'n Kaltenborner Guß." — Zeise hing die Säge aufatmend an die Wand und bündelte die zerkleinerten Angüsse mit Draht.

Bei dem Wort Kaltenborn sah Brümmer von seinem Zollstock auf, kratzte sich hinter den Ohren und brummte vor sich hin: „Wissen S i e was, Mahr?"

Christoph zuckte mit den Schultern und hörte auf mit Scheuern.

„Na, wenn die Kaltenborner Glocken nich kommen", rief Zeise, „macht der Alte die Bude zu."

„Halt's Maul", murrte Brümmer.

„Die Gießerei in Münster hat auch zugemacht" — Christoph wollte weiter reden, aber jetzt warf sich der Sand- und Lehmmischer Ruppert ins Gespräch, nachdem er umständlich und wuchtig ausgespuckt hatte: „Kee Aas will mehr beten. Da brauchen se ooch keene Glocken nich."

„Wo warscht'n du am Sonntag?"

„Iche? 's Schtalldach hab'ch flicken müssen", sagte Ruppert.

„Na ja. Da brauchste ooch keene Glocken d'rbei."

„Gesoffen hat'r!" schrie plötzlich das schwarze Männchen, das ganz unten im Aschenfall des großen Ofens scharwerkte, so daß nur sein ruppiges Köpfchen über den Fußboden guckte.

Alle lachten. Sogar Brümmer verzog den Mund und sah mit halbem Blick auf das Teufeltier im Ofenbauch.

„De Niedertracht wächst in'n Dreck", brummte Ruppert. „Der Schweinigel kriegt nie sei' Maul uff. Aber wenn er äne Gemeenheet sagen kann, fährt'r raus aus'm Ofenloch wie Beelzebub."

Das Ofenmännchen tat wie taub. Es warf gleichmütig mit der Schippe die Koksschlacken hoch.

Die Arbeiter waren schon wieder eine ganze Weile bei ihrem Werk, und nichts war zu hören als das Knirschen und Scheuern der Werkzeuge, als Ruppert in Gedanken vor sich hinsagte: „Wenn er brennt, Klappe uff, und rein mit so än Lügenhund, und de Klappe wieder zu."

Brümmer schnitt kurz ab: „Nu' is' gut", denn eben ging die Tür der Schreibstube auf und Meister Andreas Koch steckte den Kopf herein: „Brümmer, auf 'ne Minute."

Brümmer ging in die Stube, und es scheuerte und schaufelte eine Weile weiter. Plötzlich warf Zeise seine Feile, mit der er die Angußstumpen abnahm, klirrend auf den Tisch und sagte zu Christoph: „Na?"

Christoph hörte auch auf zu schleifen: „Ja, ich glaube auch. Der Meister hat ihn wegen der Kaltenborner Glokken geholt. Zeise, was soll bloß werden, wenn hier zugemacht wird? Aber das ist ja Unsinn! Die Kochgießerei! Schließen! Die halbe Welt horchte da auf."

„Mir sin' je sowieso bloß noch 'n paar Mann hier."

„Die älteste Glockengießerei, die's gibt, Zeise!"

„Das is'n Menschen ganz schnuppe."

Christoph hörte im Geiste die Tante ‚siehst du' sagen und dachte, was wohl der alte Lichtermark für ein Gesicht machen würde, wenn seine Frau zu ihm spräche: ‚Nun, Fritz, wer hat recht — wenn jetzt Kathrine die Frau dieses stellenlosen jungen Mannes wäre...' Mögen die reden. Aber es tauchte ein drittes Frauengesicht vor ihm auf, während er die eisernen Geräte anstarrte, die eines Tages vielleicht sinnlos in dieser großen Halle herumhingen: das Gesicht seiner Mutter. ‚Guten Tag, Mutter', würde er sagen. ‚Danke gut. Da bin ich wieder. Für wie lange? Ja, ich — weiß es nicht, Mutter …'

Auf dem Hofe hallten Tritte. Man merkte schon am Schnaufen und Stockaufsetzen, daß dies der Professor Lichtermark sein mußte. Der wollte sich wohl die neue Glocke ansehen und sie ein bißchen abhorchen.

„Guten Morgen allerseits!" rief Lichtermark. Sein Gruß wurde lebhaft erwidert. Sogar das Ofenmännchen sagte „Morch'n", denn der Alte öffnete in der Regel seine Zigarrentasche und hielt sie den Glockenmännern hin.

„Ist der Meister da?" — aber da sah Lichtermark die neue kleine Glocke und klopfte Zeise auf die Schulter: „Na, Freund Zeisig? Kann ich sie ansehen? Blamiert ihr euch auch nicht?" — er schüttelte Christoph die Hand — „sie sieht ja recht hübsch aus."

Lichtermark streichelte den Glockenleib, von dem schon so viel Gußhaut abgescheuert war, daß die Glocke hier und da goldengelb glänzte.

„Gut, Mahr. Von außen gut. Wissen Sie — nur nicht zuviel dranpappen. Die neuen Glocken, über und über mit Schrift beklebt, sind von glockenverlassenen, unmusikalischen Menschen gemacht. Auch nicht soviel Figuren und Blätterzeug" — Christoph wollte antworten — „nee nee, Mahr. Ich weiß schon, was Sie sagen wollen. So ist sie grade recht. Glocken sind Musikinstrumente. Modelliert ihr aber dicke Figuren drauf oder gar von der Haube bis zum Schlagring Schrift, so nützt die beste Profilkurve nichts. Wenn ihr sie läutet, kommt musikalischer Unsinn raus. Könnt ihr sie mir mal einen Daumenbreit anheben?"

Zeise hatte schon den Kran herangerollt. Flink war eine Kette um die Krone geschlungen und verhakt, ein paar Handgriffe, und die Glocke schwebte.

„Halt, Kinder! Genug. Bloß so vorläufig, Mahr. Mehr Neugierde, wissen Sie? Ich kann's nicht aushalten, den ersten Schlag zu hören. Auch wenn es eigentlich noch gar nicht so weit ist."

Mahr schlug an. Ein heller Ton klang auf — erst ein wenig scharf und poltrig, weil die Glocke zu tief hing, aber dann schwebte ein Ton im Raum. Er war gestört und verworren. Ein Laie hätte nichts Besonderes in dem Wirrwarr gehört, aber ein alter Glockenprüfer witterte die Möglichkeiten.

„Nu noch mal, Mahr. Ein bißchen leiser" — Mahr schlug — „aha! D-dur, a—d—fis", summte Lichtermark. „Quartsextakkord. Nu seht mal. Nocheinmal, Mahr."

Lichtermark stand vornübergebeugt auf seinen Stock gestützt, hielt den Kopf schief und spitzte genießerisch den Mund.

„a—d—fis", sagte er. „Ich glaube, Mahr, Zeise, ich glaube, ihr habt da was Gutes gemacht. Haben Sie die Rippe gezeichnet, Mahr? Na ja, das merk' ich. Ach was, nur nicht zu bescheiden, Christöphchen."

„Es ist doch die Rippe von der Gloriosa."

Lichtermark lachte und holte seine Zigarrentasche heraus: „Weiß ich, mein Sohn. Die Gloriosa auf dem Erfurter Dom ist die schönste klingende Glocke der Welt. Aber nicht wahr? — Lichtermark weiß auch, daß sich der Vater Gerhard Wou von 1497 mit seinen 22800 Pfund nicht einfach im Jahre 1933 mit 760 Pfund mechanisch kopieren läßt. Sonst gäb's ja nur gute Glocken in der Welt. Meister lassen sich überhaupt nicht kopieren, und lernen von ihnen können nur wieder Meister. Die müssen das Glockengießergefühl von Gottes Gnaden im Leibe haben."

Koch kam herein, hinter ihm Brümmer.

„Glockengießergefühle! Man muß nur das richtige Stichwort geben!" rief Lichtermark und schwang seinen Gehstock ganz gefährlich im Kreise. „Meister Koch, wir gratulieren zu dem Wickelkind da!"

Koch drückte ihm die Hand und seufzte.

„Sie sehn ja aus wie ein Vater, der sagt: 's is' bloß'n Mä'chen geworden."

„Jaja, Herr Professor. Ich freu' mich schon. Aber hoffentlich ist's nicht das letzte Kind und auch noch totgeboren."

„Was denn! Schwerenot" — Lichtermark henkelte den Meister Andreas Koch ein, der einladend nach der Schreibstube gezeigt hatte. Koch wandte sich im Gehen noch einmal um und rief Brümmer zu: „Also erst das Läutegerüst auf dem Hof fertig machen. Das kleine."

Koch und Lichtermark waren in die Schreibstube gegangen. Die Tür ließ Lichtermark offen stehen: „Heiß, heiß, Meister! Wir lassen ein bißchen Durchzug."

Brümmer winkte den Arbeitern.

Christoph stand allein in der Halle und schlug versonnen mit der Faust an die hängende Glocke, die jedesmal einen ganz leisen verträumten Brumm von sich gab.

Nebenan sprachen die beiden Alten. Christoph hörte scharf hin, ob ein Wort über Kaltenborn fiel. Sie redeten von — Himmel und Wetterschlag — wovon?!

Eben sagte Lichtermark: „Na, und das Trinchen — sehn Sie, lieber Koch, mit den Weibern ist es wie mit unseren

Glocken. Ehe eine Glocke nicht im Glockenstuhl hängt, ordentlich verbolzt und verankert, und ehe ein Mädchen nicht ihren Mann hat und in ihrer Ehe hängt, ordentlich vereidigt und verschworen, weiß einer nichts. Aber auch nichts, Koch! Sie haben keine Kinder und kennen das nicht — nichts weiß man, sage ich Ihnen! Verflucht noch mal. Zuhause lacht so ein Mä'chen und dalbert und quecksilbert. Dann zieht sie ab mit Sack und Pack und denkt, 'ne Ehe hat nur e i n e n Ton. Jawoll. Das liebliche Esdurtönchen, wissen Sie. Aber wenn dann so die Obertöne rauskommen, nach den Flitterwochen, Koch — erst mal eine große Terz, dann eine Quinte und, der Teufel hole mich, so 'ne verdammt unsaubere Septime an der falschen Stelle — na, dann fallen Tränen aufs Briefpapier. Ich will mich doch mal nach Erfurt machen. Sie kennen meinen Schwiegersohn, den Ölmüller, doch auch —"

Die Stühle rückten. Christoph nahm schnell den Sandstein und wollte anfangen zu schleifen. Aber das ging nicht. Die Glocke schwebte noch. Christoph mit seinem Sandstein in der Hand vor der baumelnden Glocke wurde ganz rot, als Lichtermark und Koch durch die Halle nach dem Hoftor gingen. Er machte sich eilig am Flaschenzug zu schaffen. Ob Koch etwas gemerkt hatte? Lichtermark sah nichts und rief Christoph zu: „Wiedersehn, Mahr! Grüßen Sie den Pastor von mir. Also die Glocke wird! Ein Optimist muß man sein. Sonst kann man sich selber in den Glockenstuhl hängen. Aber unsereiner klingt schlecht — was, Meister Koch? Dieser Tage komm' ich, und dann setzen wir der kleinen Glocke mal die Stimmgabel auf's Herz."

Christoph sah den Beiden nach: „Die Stimmgabel? Aufs Herz? Auf welches Herz denn . . .“

„Paß doch auf, Ruppert!“ schallte es grob über den Hof. Mehr zu mir her! Noch mehr! Dem is immer sein Bauch im Wege!“ Zeise lachte.

„Nein, um Gotteswillen“, murmelte Christoph, dem zumute war, als ob ihm das richtige Leben da draußen die Haut abschurfte, „jetzt nicht dazwischen geraten.“

Er setzte seine Mütze auf und ging fort. Einfach fort, als ob er ein Gießereiherr wäre, der sich nicht an die Zeit zu halten braucht.

Planlos wanderte er in den Feldern herum und sah den Landleuten zu. Kathrine weint? Gegen Abend kam er müde in seine Stube. Auf dem Tisch lag ein Brief — die Handschrift seiner Mutter.

Christoph setzte sich ans Fenster und las.

„Lieber Sohn, ich habe ein neues Brunnenrohr legen lassen. Sprengel hat es gemacht. Das alte war ganz zerfressen. Es kostet 37 Mark 86 Pfennig. Das ist mir sehr sauer geworden. Mit meiner Gesundheit geht es. Aber Du schreibst so selten. Allemal um neun geht der Briefbote bei mir vorbei. In Deinem Paket lag auch nichts, und ich habe mich recht geärgert. Es sind wieder drei Strümpfe dabei, die nicht zusammenpassen. Du mußt mehr an Deine Sachen denken. Nächste Woche wäre Dein guter Vater 60 Jahre geworden, wenn er noch lebte. Denke am 8. daran, mein lieber Sohn. Herzlichen Gruß von Deiner Mutter.

Nachsatz. Als ich den Umschlag an Dich schrieb, dachte ich, daß ich doch bloß Deinen Namen draufschreiben kann und nicht, was Du bist. Ich mache mir oft Gedanken.

Lieber Sohn, sei recht fleißig und folge Herrn Gießereibesitzer Koch, damit Du bald Dein eigen Brot essen kannst. Deine Mutter."

Der Mensch kann nicht immer die Mütze aufsetzen und einfach gehen. Aus der Gießerei war er fortgelaufen — dieser Brief saß. Christoph las ihn noch einmal, aber der Pfeil in seinem Herzen ruckte nur.

„Die Trine in ihrer Pankraziusgasse — ich soll fleißig sein, mein eigen Brot essen — mein Gott im Himmel, wenn Koch zumacht ..."

Er legte den Kopf aufs Fensterbrett und dachte, daß er Reue fühlen müsse, aber weil er nicht wußte worüber, packte ihn die graue Verzweiflung. Kathrine hatte es gut. Bei der tropften die Tränchen aufs Briefpapier. Aber Christoph konnte doch nicht heulen.

Nein, er heulte nicht. Ihn faßte jetzt die Wut. Er sprang auf, schmiß die Türe, polterte donnernd die Treppen hinunter, schmiß die andre Türe und verschwand — zu seinem Glück: die Tante hatte schon beim ersten Türenschmiß die Zeitung hingelegt und wollte ihren Neffen über den Sinn der Türklinken aufklären. Aber der Flegel war fort.

„Und es ist schon um zehn, Leberecht", sagte Frau Arcularius.

Spät war es, aber über Deutschland lagen jetzt die hellen Nächte, in denen die Sommersonne nicht so tief hinabsinkt, daß die Sterne in der grünlich blassen Mitternachtsdämmerung aufleuchten können.

„Ich muß mit Mutter sprechen. Heute noch."

Der Bahnhof lag weit vor dem Städtchen und lag in guter Ruhe — wie der Himmel über ihm: nicht dunkel und nicht hell. In der Halle roch es schön nach Rauch und Schmieröl. Das war Christoph nun wieder vertraut. Hier würde sich schon ein Ausweg finden. Hinter dem Schalter stand eine braune Pappe. Es mußte wohl gerade kein Zug gehen. Endlich fand Christoph einen Beamten.

„Nach Hopfbach? Nee, mein Herr. Dahin geht heute nischt mehr. Halt, warten Sie mal“ — der Beamte blätterte — „wenn Sie erst nach Erfurt fahren“ — der Beamte blätterte wieder woanders, und Christoph dachte: nach Erfurt, in die Pankraziusgasse etwa? — „sehn Se woll, nach Erfurt is richtig.“

„Richtig?!“ schnauzte Christoph den hilfsbereiten Beamten an.

„Nanu“, sagte der und guckte.

„Was soll ich in dem Lausenest?“ schrie Christoph.

„Na sagen Se mal“ — der Beamte hieb auf sein Nachschlagewerk — „umsteigen soll'n Se! Was fällt Ihnen denn überhaupt —“

Christoph war fort.

Verschwunden in der hellen Nacht. Dem freundlichen Beamten ging's wie Frau Arcularius: der Flegel war fort.

Christoph lief den schmalen Pfad am Eisenbahndamm entlang und bog dann in die Landstraße ein, die auf gewaltigem Umweg nach der Stadt führte.

Gegen drei am Morgen kam Christoph vor der Pfarre St. Marien an. Es war kaum noch Nacht. Der volle Mond und der helle Himmel im Norden gaben unheimliche Helligkeit. Christoph schloß sehr leise, aber seine Tante hörte sehr fein.

Als er, die Stiefel in den Händen, über den Vorsaal des

ersten Stockes steuerte, tat sich die pfarrherrliche Schlafzimmertüre auf, und Arcularius erschien mit einem Leuchter in der Hand. Er hatte nur das Nachthemd an, welches sich gewaltig über dem Bauche wölbte, so daß das Hemd vorne kurz und hinten lang war. Ferner trug der Hauptpastor seine grün und rot gestickten Pantoffeln.

Vom langen Lauf war es in Christoph wieder frisch und klar geworden, und da er mit gesenktem Kopf und angelegten Ohren dastand, bemerkte er, daß auf den linken Pantoffel ein L und auf den rechten ein A gestickt war.

Da steht ja la, dachte Christoph, lalala.

„Ich bin sehr bewegt, Christoph", hob der Pastor an und hielt den Leuchter nahe an Christophs Gesicht — lachte der etwa? — „Du bist ja ein Lüderjan. Deine arme Mutter hat mir die väterliche Sorge um dich aufgetragen. Ich werde morgen mit dir reden" — heute, dachte Christoph, leider ist heute heut, und er seufzte — „nun, du seufzst. Es kommt dir wohl zum Bewußtsein, daß du in einem christlichen Hause wohnst. Schäme dich, Christoph."

6

Lichtermark reiste oft und mit Freuden, denn er war nicht nur der am Gymnasium angewachsene Gesanglehrer, sondern vor allem ein berühmter Glockenprüfer und als solcher weit und breit gesucht.

Wenn er eine Lokomotive sah, stieg in ihm die strahlende Vorstellung von neuen, goldglänzenden Glocken, Girlanden, weißen Mädchenkleidern, Zylinderhüten und Flaschenhälsen auf, von vielen golden, silbern und bunt gekapselten Flaschenhälsen.

Es gab freilich auch Glockenreisen ohne Blumen und Fahnen: wenn eine Glocke gesprungen war. Lichtermark, der die alten Glocken kannte wie der Hirte seine Schafe und der die meisten neuen Glocken aus der Taufe hatte heben helfen und ihre Namen, Geburtstage, Lebensumstände, Arten und Unarten besser im Kopfe hatte als die eigenen Väter, — Lichtermark fuhr in solchen Fällen als Arzt und Glockenseelsorger, hatte die Hände voll Notizzettel und machte ein geschäftliches Gesicht.

Gelang dann später einem guten Gießermeister die halsbrecherische Kur, war der Sprung glücklich ausgegossen, die Füllung lückenlos mit den Sprungwänden verschweißt und war vor allem der Klangverlust erträglich, so becherte Lichtermark nicht weniger erleichtert wie nach einer geglückten Glockenweihe.

Heute fuhr er weder fröhlich noch geschäftlich seine Straße. Es galt nicht einen klar festgestellten Sprung zu begutachten — heute wollte er nur aus der Nähe sehen, warum eigentlich der von seiner Gattin so wohlberechnete Akkord in der Pankraziusgasse disharmonische Nebentöne aufwies. Katharine läutete nicht mehr klar.

Man nimmt selbstverständlich nicht gleich das Schlimmste an. Ein Sprung, nein doch — na, man wird ja sehen. Die jungen Leute sind heute so empfindlich. Es braucht nur irgendwo zu drücken, so setzt man sich nicht vernünftigerweise erst einmal ein bißchen mehr links oder mehr nach hinten — nein, da geht das Gerede los von Weltanschauung, von Psychologie oder — lieber Gott — von Physiologie.

Der einzige Trost war heute Pohl, sein Freund, der Studienrat Pohl. Bei dem würde er wohnen. Der Abend war jedenfalls gedeckt. Nichts geht beim Anmarsch über ein gesichertes Rückzugsbewußtsein.

Wie am Eisenbahnfenster die Thüringer Landschaft vorüberflog — die vielen Tälchen, welche das Land zerschneiden und das Volk so schön deutsch in ebensoviel genau begrenzte Teile zerlegen, und dann die Wassermühlen, die Waldberge — da sah er doch nichts als das Mä'chen vor sich, die Kathrine. Himmelschockschwerenot, der verdammte Ölmüller!

Als Lichtermark in Erfurt durch die Bahnsperre ging, dachte er: ob ich erst telephoniere? Sie weiß ja gar nicht, daß ich komme. Aber Lichtermark telephonierte nicht: einmal war ihm ‚der Apparat' an sich ein Greuel — mit einem Menschen reden und ihn dabei nicht sehen, das ist unterweltlich. Glocken sprechen aus dem Unsichtbaren herunter.

Aber Glocken hängen hoch, beinah im Himmel. Menschen haben da zu sein. Und ferner, sagte sich Lichtermark schlau, war es viel gescheiter, wenn er plötzlich und so ganz nebenbei ‚mal einsah‘.

Lichtermark kam sich bei diesem Gedanken wie ein geriebener Weltmann vor und schritt wiegend durch den Lärm der Hauptstraßen nach der Pankraziusgasse. Nur wenn bei einer Straßenbiegung zwischen den Giebeln mit einem Mal der Domturm auftauchte oder gar die schönen grünen Nadeln von St. Severi erschienen, vergaß er Lärm und Leute und Pfiffigkeit, wurde weich und dachte: wie ich sie wohl finde?

Akazienbäume stehen in der Pankraziusgasse. Der Tag war heiß, und Lichtermark stellte sich im Schatten einer solchen Akazie auf. Er sah nach den Fenstern im ersten Stock. Es machte doch alles einen sehr anständigen Eindruck. Der Giebel dahinter war diese Ölmühle — na ja, einen Beruf muß der Mensch haben, und es läßt sich nichts dagegen sagen, wenn jemand mit Aufwand aller seiner Kräfte Öl aus Mohnkörnern quetscht.

Nichts bewegte sich an den Fenstern. Die Scheiben waren vornehm mit weißem Stoff verhangen. Also jetzt.

Lichtermark machte die Haustüre auf — ordentlich natürlich, daß man's hört — links eine Tür: Kontor. Rechts eine Tür: Privatkontor — aha, da sitzt er wahrscheinlich dahinter und drückt auf seine Mohnkapseln. Also werden wir uns in den ersten Stock begeben —

„Vater!“ schrie Kathrinchen, lief die Treppe hinunter und flog ihm in die Arme, daß er einen Ruck bekam. „Vater!“

„Nu nu nu, Trinchen. Trinechen.“

„Wo kommst du her! Wie ich mich freue, daß du gekommen bist! So plötzlich.“

„Ja, weißt du, die Glocken. Immer Geschäfte. Aber ich habe ein paar Stunden Zeit.“

„Ein paar Stunden bloß! Ach. Komm schnell in meine Stube hinauf.“

Sie zog ihn am Arm. Lichtermark zeigte fragend auf die Inschrift ‚Privatkontor‘.

„Nein, er ist verreist.“

„Den ganzen Tag?“

„Sicher.“

Der Alte schüttelte den Kopf und dachte: nun ist der Kerl nicht zuhause — da hätte ich ja gar nicht zu lügen brauchen.

„Morgen kommt er wieder?“

„Ich weiß nicht.“

„Du weißt nicht — aber jetzt komm, mein Kind. Wir wollen zunächst in die Gemächer der Ölmüllerin gehen, hahaha.“

„Ja, mach es dir bequem, Vater.“

Lichtermark sah sich im Zimmer um. Auch anständig. Riesig anständig. Viele Stücke kannte er, aber wie die Sachen eingewohnt wirkten, das war ihm neu.

„Gefällt's dir? Ja? Aber willst du erst eine Erfrischung haben? Das Essen ist noch nicht fertig.“

„Natürlich, Trinchen! Ran mit deinen Erfrischungen. Wir wollen sehen, wie eine gute Tochter ihren alten Vater zu erfrischen versteht.“

Als Katharine draußen war, ging Lichtermark im Zimmer herum: „Hm, was Ölmüller alles zu ihrem Wohlbefinden brauchen. Viel Zeug und wenig Platz.“

Er sah die Bilder an: Venus auf der Muschel im Wasser, Badende — und sagte: „Na."

Er nahm einige Porzellansachen und eine ganz verzwickte moderne Holzschnitzerei in die Hand. Er klopfte an den silbernen Teekessel. Schließlich schloß er sogar den Eckschrank auf, bedachte sich, aber guckte dann doch hinein: „Wieso denn. Ich bin doch der Vater."

Nun besichtigte er Kathrines Schreibtisch. Da lag ein Postscheckzettel: neues Guthaben 780 Mark. „Donnerwetter", brummte Lichtermark. Er hatte sieben Mark achtzig drauf. Aber da stand ja eine Photographie: „Ah, die! Ja, das Bild hat sie zu Pfingsten im Garten bei uns gemacht. Ich bin doch recht gut getroffen. Emma sitzt ja immer so grade da. Und der am Baum?" — Lichtermark nahm die Brille ab und sah genau hin — „ach so, das ist der Junge, der Mahr."

Kathrine kam mit den Erfrischungen. Lichtermark aß und nahm einen Schluck. Er sagte aber: „Hör mal" und nahm sogleich noch einen Schluck. Dann legte er die Flasche etwas schräg und las das Schild: „1888er Szamorodner, vormals Kaiserliche Weinberge. Trinkt ihr in Erfurt immer so was Gutes?"

„Nur wenn die alten Väter kommen", lachte Kathrine.

„Du, dann kommen alte Väter aber oft, Trinchen."

Sie faßte seine Hand: „O ja, Vater, komm recht oft."

„Nana, die Alten stören nur. Komm, iß auch einen Bissen. Deine Wurst ist ausgezeichnet. Hast du sie aus Kranichstedt?"

„Ja. Aber jetzt möchte ich lieber nicht."

„Du ißt wohl überhaupt nicht ordentlich? Wie? Laß dich mal genau ansehn. Ein bißchen blaß. Paßt denn dein Mann auf, daß du Mittag richtig bei der Sache bist?"

„Ich esse ja meist allein."

„Was? Alleine? Wo speist denn der Ölmüller?"

„Ach Vater, der verreist ja so viel. Er ist mal einen Tag hier, aber dann zwei, drei Tage fort. Und in Erfurt muß er auch viel mit Geschäftsfreunden essen."

Jetzt hörte Lichtermark auf zu essen und sah Kathrine groß an: „Du, wo reist denn dein Mann immer hin?"

„Überall rum, Vater. Er hat ja nicht nur das Öl. Sieh mal, da ist noch der Ölkuchen. Und Wachs. Und Paraffin. Jetzt wollen sie auch noch Schuhputzmittel machen. Ja" — Kathrinchen stand rasch auf — „das habe ich beinah vergessen! Komm, Vater, ich zeige dir erst einmal die Mühle."

Eigentlich wollte Lichtermark sagen, daß ihm Ölmühlen gänzlich gleichgültig seien, aber er war so benommen, daß er hinter ihr herging und nur mehrmals brummte: „Schuhputz. Schuhputzmittel."

Es ging über Höfe, knarrende Treppen, durch allerlei Gänge. Lichtermark sah braune alte Holzräder und neue, ölig glänzende Stahlräder sich drehen. Ein Mann hielt ihm fein geschliffene Gläschen vor die Nase und sagte, das wäre erste, dieses jedoch die zweite Ölqualität. Und einen Ölkuchen nahm er in die Hand, roch sogar daran — es war unbedingt ein tüchtiges Getriebe hier. Soweit hatte seine Frau recht. Leute mit Körben, Flaschen, Kontobüchern und Briefordnern liefen herum — aber der Alte fühlte immer Kathrinchens Arm, der sich in seinen Arm gedrückt hatte, und dachte: das Mä'chen tut ja gerade, als wenn sie unterkriechen wollte bei mir — was ist das?

„Nee, Kind“, sagte er laut, „ich bin von der Reise müde. Das ist sehr lehrreich hier, aber ich setze mich doch lieber eine Weile in deinen Lehnstuhl.“

Oben war Ruhe. Da wollte er das Mädchen abhorchen. Wie eine Glocke. Sie sollte das gar nicht merken. Er würde das schon machen. So wenigstens hatte er sich das in der Eisenbahn gedacht und dachte es jetzt auf der Treppe noch. Nun er aber im Lehnstuhl saß und Kathrine ihm gegenüber und ihn ansah, ging all seine geriebene Geschicklichkeit im Spionieren zum Teufel: Allein ist sie? Sie wird allein gelassen? Das sah nicht wie ein Sprung, das sah ja beinahe wie ein Fehlguß aus...

„Sage mal, Trinchen, du schreibst: ich habe Heimweh. Heimweh? Haha! Eine junge Frau hat doch kein Heimweh! Die sitzt ja mitten drin im Nest! In ihrem eignen. Ist, wie soll ich sagen, ist bei euch — hm, irgendwas in Unordnung? Zankt ihr euch?“

„Ach nichts, Vater. Nein“ — Kathrine lächelte angestrengt.

„Na irgendwas...“

„Gar nichts, Vater. Ich bin bloß so viel allein. Und —“

„Und?“

„Und ein Mann, Vater, der —“

„Ein Mann, und der?“

Kathrine sah eine Weile vor sich hin und verzog den Mund, wie sie es als kleines Kind getan hatte. Plötzlich warf sie sich an seine Brust. Sie wurde vom Weinen geschüttelt. Lichtermark richtete ihren Kopf zwischen seinen beiden alten Händen hoch und sah, daß ihr gar keine Tränen in den Augen standen, und das erbarmte ihn.

„Trinchen, und?“

„Ein Mann, Vater, ein Mann, denke ich, der muß doch eine Frau haben."

Lichtermark war ein guter Mann, eine Seele von einem Menschen, aber wie er jetzt durchs Fenster den Holzgiebel der Mühle sah, war ihm, als ob er ein Streichholz nehmen und das ganze Gelump anstecken müßte.

„Mache dir da keine dummen Gedanken, Kleine", sagte er nach einer Pause. „Nee, nee. Aber ich werde mit ihm reden. Wenn ich morgen wieder zu euch komme, werde ich ihn doch wohl treffen und sprechen können?"

Lichtermark richtete sich auf und saß beinah so grade da wie seine Frau — ganz kranichstedtisch.

Kathrine aber schüttelte nur den Kopf und sah an ihm vorbei auf den Mühlgiebel draußen: „Nein, Vater. Das hat keinen Zweck. Du kennst ihn nicht. Er ist wirklich ein tüchtiger Geschäftsmann."

Lichtermark kannte Glocken besser als Menschen, und von Geläut verstand er mehr als vom Leben. Was hat sie da gesagt? Er sah Kathrine von der Seite an. Ihr Gesicht war etwas anders, als er es von Kranichstedt her in Erinnerung hatte.

Die paar Wochen, dachte er und rückte unruhig auf seinem Stuhl. Es wurde ihm unheimlich. Das kleine dumme Trinchen hatte ihm eine Antwort gegeben, die beinahe töricht war — oder sie war viel zu klar für eine so junge Gattin ...

Nach dem Geschäftsmann Kesselstein hätte er ja nicht gefragt, sondern nach seiner Tochter Mann, wollte Lichtermark sagen. Aber wie er darüber nachdachte, kam ihm der Verdacht, daß dieses Kind eben die Wirklichkeit in ein falsches Rechenexempel: Sicherheitssorge mal Elternbehaglichkeit gleich Gute-Heirat, gestellt haben könnte. Was müßte, um Gottes Willen, in Kathrine vorhergegangen sein, wenn auch nur annähernd solche Gedanken hinter ihren Worten stecken sollten? Er, Lichtermark, nicht, nein — aber seine Frau hatte immer den Geschäftsmann Kesselstein gemeint, wenn von Heirat die Rede war — und nun soll uns Alte nur dieser Geschäftsmann angehen?

Er nahm Kathrine auf den Schoß und wußte nichts Besseres zu sagen als: „Na ja. Sieh mal. Hm hm."

Lichtermark hatte wenig erlebt. Er war dem Unbedingten im Leben ausgewichen, hatte sich mit dem Reisespruch ‚es geht eben nicht alles, wie man möchte, der Mensch muß sich einfügen lernen' über die Sprünge im Dasein weggeholfen und kam angesichts seiner kleinen Tochter nicht mehr mit. Aber er fühlte in seinem Vaterherzen, daß das junge blasse Ding auf irgendeine schwimmende Stelle im Leben geraten sein müsse, von der er aus seinem Erleben nichts wußte. Oder nichts hatte wissen wollen? Die jungen Leute heute sind so anders ...

„Willst du uns ein bißchen besuchen? Ich meine, mal ein paar Tage, Trinchen?"

Kathrine schüttelte den Kopf.

Wie schnell das geht, dachte Lichtermark.

Freilich, der letzte Brief von ihr war gar nicht so weinerlich gewesen wie der vorletzte, an den er immer dachte. In diesem vorletzten hatte das Wort Heimweh gestanden, und das war nun schon wieder drei Wochen her.

Doktor Pohl hatte im Kriege eine Kugel ins Fußgelenk bekommen und trug nun, so oft er konnte, weiche schöne Filzschuhe. Auf diesen braunen Filzschuhen wandelte er unausgesetzt um den Tisch herum, an dem sein Freund Lichtermark vor einer Flasche Rotwein saß.

„Eines verstehe ich nicht, Lichtermark: ich freue mich natürlich, daß du bei mir wohnst und wir nun allerlei bereden können, was sich schwer schreibt — aber die Kesselsteins haben doch ein großes Haus in der Pankraziusgasse. Warum wohnst du nicht dort?"

„Ich habe mich doch festgelogen, Mensch."

„Gelogen?"

„Na ja doch. Ehe ich wußte, daß der tüchtige Kesselstein verreist ist, hatte ich schon gesagt, ich käme nur mal so durch und müßte am Nachmittag wieder fort."

„Verträgst du dich nicht mit ihm?"

„Gott — vertragen — weißt du: vor Leuten wie Kesselstein möchte sich unsereiner immer entschuldigen. Wir halten doch mal an, aber diese Leute rennen atemlos in der Welt rum und suchen nichts als weiche Stellen, die sie anbohren können nach Geld. Das nennen sie reales Leben, Wirtschaft, Tätigkeit. Der liebe Gott hat nämlich die Welt zum Verwerten gemacht."

Pohl blieb stehen: „So ist der? Was hat denn Kathrine gesagt, daß du gleich wieder fortwolltest?"

„Nichts."

„Und sie ließ dich gehn?"

„Ich hatte doch gesagt, ich müßte."

„Lichtermark, du bist ein Tolpatsch."

„Hör mal —"

„Ein ganz großer! Glaubst du wirklich, daß eine Frau sowas nicht merkt? Eine Frau mit einer wunden Stelle, die sie immer ängstlich und mißtrauisch befühlt? Das hast du mir doch erzählt von ihr. Ich kann mir durchaus denken, daß du recht hast. So sieht's bei denen aus. Und du gehst durch die Mitte ab. Kathrine fühlt den Schwindel natürlich. Sie hat dich gehen lassen. Ist das Sitzengelassenwerden ja gewohnt! Und ist nun vollends alleine!"

Lichtermark sprang auf: „Alleine?! Da unten in der Pankraziusgasse zwischen dem Öl und den Akazien? Das Trinechen?!"

„Schrei nicht so, Lichtermark. Die weiß natürlich, daß du bei deinem alten Freund Pohl sitzt. Die ahnt, wie du dir hier die Schläfen reibst und Rotwein dazu saufst. Wo solltest du denn sonst sein? Am Spätnachmittag fortfahren! Hat sie denn gefragt, wohin du fährst? Nein? O Lichtermark, du Rindvieh!"

Lichtermark brummte und trank.

„Hm? Was meinst du? Gar nischt? Is auch besser. Was hast du denn eigentlich aus ihr herausgekriegt? Wo hapert's genau?"

„Ja, Pohl — eigentlich nur, daß der Kerl fortgesetzt auf der Achse und nie zu Hause ist. Sie war so sparsam mit den Worten. Man mußte sich die Hälfte dazu denken."

„Was für eine Hälfte hast du dir denn dazudenken können?"

Lichtermark zuckte die Schultern. Nach einer Weile sagte er: „Weißt du, Pohl, da ist doch mein Hamburger Schwager, meine Frau nennt'n immer den Großkaufmann, der ist ja wohl für den Kesselstein und sein Öl sowas wie das Schicksal und die Allmacht — ob Kesselstein bloß in die Familie reingewollt hat? In die Verbindung auf du und du mit dem Hamburger Gewalthaber? Denn Geld hat er selber genug, na, und wenn er das Mä'chen richtig lieb hätte, könnten doch die Leute nicht solche Weibergeschichten von ihm erzählen — aber die Leute, Pohl — was die schon reden — und die Trine, die sagt nichts."

„Das arme Kind", sagte Pohl.

Jetzt saß Pohl, und Lichtermark wanderte um den Tisch. Da er diese Dauerbewegung nicht auf filzernen Sohlen unternahm und den Pohlschen Fußboden keinerlei Teppichwerk schmückte, gab das ein zermürbendes Trappen und Quietschen, und die beiden Weisen wurden gereizt, ohne die Ursache zu merken.

„Du bist der richtige Junggeselle, Pohl. Da sitzt du nun hier in Erfurt! Hättest du dich nicht längst mal umhorchen können?"

„Ich lebe ganz zurückgezogen."

„Zurückgezogen! Natürlich. Ein liebes Wort. ‚Ich lebe zurückgezogen', sagt der Weichensteller, dreht sich nach der Wand rum und läßt die Züge aufeinanderplatzen."

„Ich bin kein Weichensteller! Ich brauche Ruhe für meine Arbeit!"

„Und ich brauche Luft für mein Mä'chen!" schrie Lichtermark.

Pohl stand auf: „Ja, du. Darum handelt sich's. Was streiten wir uns denn."

Erleichtert setzten sie sich nach diesem Donnerschlag hinter ihren Rotwein und beschlossen, daß Pohl die Kathrine besuchen sollte, als alter Onkel ab und zu in ihrem Lehnstuhl sitzen, sich dabei gut umsehen und nach Kranichstedt berichten.

Sie sagten sich gute Nacht. Es wurde dunkel. Die Straße schlief. Die Stadt schlief.

Kathrine lag in ihrem Bett. Ihr festgelogner, weltgewandter Vater lag ein paar Straßen davon in seinem Bett.

Die Nacht wickelte jeden nach Kräften in seine Einsamkeit.

Durch die Schallöcher der Glockenstube im Domturm strich der Wind, aber die ungeheure Glocke des Meisters Gerhard Wou klang nicht von dem bißchen Nachtwind. Nicht einmal Sturm und Gewitterschlag regt eine solche Glocke auf. Luftbewegungen bringen Windfahnen und kleines Klingelgesindel aus der Ruhe. Die Gloriosa hängt in ihrem furchtbaren Gewicht, und um dieses Nibelungenerz zum Klingen zu bringen, muß ein ganz anderer Zug anpacken — ein Zug, der von unten aus der Tiefe kommt: dann bewegt sich der schauerliche Erzleib — erst ganz wenig und unwillig, allmählich kommt er aber doch ins Schwingen, und zuletzt, wenn der Zug aus den Gründen der Menschheit nicht nachläßt, steigt das Ungeheuer rasend in die Waagrechte, und nun hebt es zu läuten an — zu läuten, daß der Balkenstuhl ächzt, der Kalk in den Wänden rieselt und der Domturm zu schwanken beginnt.

Diese entsetzliche Gloriosa läutete nicht im Wind dieser Augustnacht. Lichtermark lag ungestört im Bett und träumte.

Er sah sich im Garten in Kranichstedt. Pohl stand in seinen braunen Filzschuhen im Gras, hob einen Fuß, sah ihn bedenklich an und sagte: ‚Ich kriege hier nasse Füße. Lichtermark, kümmre dich selber um deine Äpfel. Du mußt Stützen unter die Äste stellen, du Tolpatsch. Immer nur die bestbehangnen Zweige hängen nach unten und brechen leicht.‘

7

Das Gerücht von der Schließung der Andreas Kochschen Glockengießerei mußte in den Vormittagsstunden aufgetaucht sein: Die Männer staken in ihren Arbeitsstätten, die Frauen konnten nicht vom Herd weg, die Stammtische standen leer. Gewisses war nicht festzustellen. Das Gerücht wuchs ins Ungemessene. Um Mittag bereits verlautete aus der Gegend der Lorenzgasse her, der Bürgermeister würde spätestens morgen die ganze Stadt schließen müssen.

Gleich nach dem Mittagessen konnten die steuerzahlenden Kranichstedter endlich darangehen, die Gerüchte durch Besprechung sachgemäß zu verdichten. Bekanntlich macht Haufentum stark — nämlich den Klatsch.

Zu den Braven, die nicht mit den Nachbarn zwischen Tür und Angel zusammenklebten, sondern auch heute für sich weiterstapften durch dick und dünn, gehörte der Gemeindediener Schratte. In der Regel schob der Alte seine Schubkarre durch die Straße oder buckelte mit unbewegten Schultern, Schritt vor Schritt setzend, die schwappende Wasserbutte. Wenn er aber eine schwarze Jacke angezogen und diese Jacke bis zum Halse zugeknöpft hatte, so war ein Amtsgang anzutreten.

Diese zugeknöpfte Jacke mußte irgendwo in der Stadt bemerkt worden sein. Ein aufgeregter Nachbar behauptete sogar, die Jacke hätte sich in der Richtung auf den Grammensand fortbewegt.

Nun bekam der Fall das beamtliche Schwergewicht. Diesem Schratte mußte nachgegangen werden. Es konnte nicht fehlen, daß hier einer und dort jemand an seiner zugeknöpften Jacke zupfte.

„Je, Schratte, 's trübt sich ein. Das gibt was!“ rief der Lammwirt. Er blinzelte halb auf die Wolken im Westen, halb auf die schwarze Jacke.

„Grüß Gott“, erwiderte Schratte.

„He! Ich hab'n Zaun wieder uffgericht'. Er hält noch ämal!“ schrie der Schmied über den Burgplatz.

„Dank' ooch scheene, Meester!“ rief Schratte zurück.

„Is das wahr?“ brüllte der dicke Fleischer vom Kutschbock herunter und zog die Zügel an.

„Je“ — Schratte wies mit dem Pfeifenstummel nach den Wolken — „das gibt was.“

„Ich kennte mich balwiern lassen“ — der Fleischer scharrte über die Bartstoppeln, besann sich und lenkte dann sein Wäglein scharf um die Ecke und quer über den Kirchring. Vor dem Messingbecken hielt er an. Manchmal dauert das Balwieren lange. Er hakte den Strang aus dem Ortscheit, machte „brrr“ und klopfte dem Pferd auf den Hals, ehe er in den Rasierladen ging.

Seine Vorsicht belohnte sich. Der Laden war schön voll, ein Ellbogen neben dem anderen.

„Ho“, grunzte der Schlachtermeister behaglich. Er fühlte die Menschheit, und er roch sie auch.

„No?“ sagte der Nachbar.

„Hee? Jawoll ja“, antwortete der Fleischer.

„Hähä“, meinte der Nachbar.

„Freilich", sagte der Fleischer und rückte tiefer in die Menschenlücke.

„Jaja", knurrte der andere Nachbar. „M'r hat's bei sich denken können."

„Was 'ä?" fragte der Fleischer.

„No — da!" Der Nachbar zeigte mit dem Daumen über die Schulter.

„Da dorten? 'n Schratte hab'ch getroffen."

Es wurde still im Laden. Nicht einmal das Scher-messer kratzte. Aber der Fleischer machte erst eine Kunst-pause. Dann blies er eine Wolke aus der Pfeife und sagte: „Das gibt was. Hat'r gesagt."

„Seht'r!" rief der Nachbar.

„Schratte? Was'n? Du, der Schratte weeß es", rief 's nun im Tabaksqualm durcheinander, und die Besprechung war in ihren richtigen Fluß gekommen.

Im Ort drin machten die steuerzahlenden und die nicht steuerzahlenden Einwohner aus, ob sich eine Glocken-gießerei um die Stadt, oder eine Stadt um die Glocken-gießerei dreht. Die Sache war schwierig, und ein Galiläi war nicht zuhanden. Der größte Betrieb der Stadt Kranichstedt, die weitberühmte Gießerei, der Stolz des Landes stillgelegt — die Gesichter waren mit Recht ernst. Arcularius tat wohl, daß er sich sogleich an seinen Schreib-tisch zurückzog. Er ließ den Eindruck in der Stille auf sich wirken. So kam die richtige Wucht in seine Predigt.

Lichtermark suchte seinen Spazierstock: „Das werde ich ihm sagen: Meister, keine Sorge. Das dauert nur eine kleine Weile. Und wenn ihr auch eure Feuer ausmacht, läuten doch eure Glocken. Sie läuten! Im ganzen Land ringsum. Und nicht nur im Reich. Nach Amerika sind Kochsche Glocken gekommen, sogar nach Japan. Auf der anderen Seite der Erdkugel läuten jetzt eben die deutschen Glocken die Morgensonne hinter den Pagoden an. Und nun müssen die Kaltenborner stählerne Glocken kaufen! Weil sie billiger sind ..."

Nur Andreas Koch brauchte anläßlich dieses Ereignisses keine Rede zu halten. Er zog seine Wanduhr auf, als Schratte hereinkam.

„Meine Schreibstube soll nämlich trotzdem in Gang bleiben, Schratte. Ich lese nun morgens meine Zeitung hier."

„A Herr Koch, das is bloß d'rweile."

Koch schüttelte den Kopf: „Der Weile? Wir sind beide gerade gleich alt. Mit zwei so weißhaarigen Schädeln wie unsern wartet sich's ungewiß auf andre Weilen."

Schratte legte seinen Brief vom Amt auf den Tisch und sagte: „Wissen Se noch, der alte Läderich, unser Schulmeester, der sagte immer: Kinner, nich so laut. Ihr wärd' schon noch schtille. Zwee's lernt der Mensch gewiß: schtille un' schparsam wär'n."

„Sparsam. Ja, Schratte." Koch nickte.

„Doch schparsam. Schparsam wie der Schellert drü'm in Atzmannsdorf. Wissen Se, der, der'n Färberwaid bis zuletzt noch baute, als'n schon beinahe keener mehr koofte."

„Hm, Schratte, wie ich die Glocken."

„Nee nee, Herr Koch. Glocken brauchen se fort un' fort. Das is bloß d'rweile. Aber Waid, nee — da kam doch das afrikanische Zeig uff, das Indicho. Na, also der Schellert is'n Katholscher, un' wie er schterbt — nee, wie er zu schtär'm anfängt, da brennt seine Frau de Schterbekerzen an. De Kinner knien um's Bette rum un' fangen an mit Beten. Der alte Schellert lä't da un' falt' de Hänne un' wart't. Der Tod muß glei' komm'n. Er wart't un' macht immer de Dogen zu. Aber der Tod kommt nich. Schellert denkt, vielleicht bin ich schon tot, un' er plinkt 'n bißchen mit'n rechten Doge: da sieht er sein' Hut an'n Nagel häng'n. Das kann doch nicht sin'. Er macht's linke Doge uff: da brenn'n so ganz sachtechen seine Schterbelichter. Jetzt richt' er aber den Kopp hoch — weeß Gott, der Kopp hält noch in'n Genicke. Un' nu' setzt er sich in'n Bette hoch! De Frau un' de Kinner hör'n uff mit Beten un gucken'n ganz groß an — un' wissen Se, was es erschte is, was der Schellert macht? Er nimmt de Lichter un' mit'n Daumen un'n Zeigefinger knippt er eens nach'n annern aus un' sagt d'rbei: ,'s geht noch niche. 's schterbt noch nich.' — Herr Koch, das is schparsam."

Wie allen alten Leuten war Koch der Gedanke an den Tod vertraut, und es freute ihn, daß jemand sein Sterben so sachlich nahm.

Er brummte vor sich hin, dachte dies und das, aber dann sah er Schratte an und sagte: „Das Sterben, Schratte. Hm. Und das Lichterausknippen ist auch gut. Und ich — ich müßte nun in der Gießerei herumgehen und eine Kohle nach der anderen austreten und mich dann in mein altes Bette legen."

„Ih, Herr Koch, Kohlen in'ner Gießerei sin' schnell wieder angebrannt."

Koch sah durch die offene Tür in die Gießhalle. In der Luft oben hingen die Flaschenzüge. Ganz hinten stand der große Ofen, wuchtig und unbeweglich wie eine Bastion.

„Stimmt, Schratte!" — Koch schlug schallend das

Hauptbuch zu, das auf dem Tisch lag — „dabei soll's bleiben! Es kommt ja schließlich nicht darauf an, ob wir alten Krippensetzer die Kohlen wieder anbrennen oder das Grünzeug, das nach uns wächst."

„Das Grünzeug", murmelte in diesem Augenblick auch Brümmer. Er sah die jungen Leute, den Zeise und den Mahr, am Grammeufer auf dem Bauche liegen. „Die kauen an'nen Grashalm."

Brümmer packte seine Sachen, langsam und sorglich, wie er alle Arbeit tat: die Lederschürze, die blaue Schürze, die Holzpantoffeln, seinen Kaffeetopf, ein Stückchen Seife und ein Ende Bleistift. Mehr hatte er hier nicht, das ihm gehörte. Aber mit einem Blick auf die beiden jungen Menschen sagte er sich doch, daß er ein alter Mann war und sich noch allerhand anderes lebensüber hatte verdienen können: eine Frau, einen Jungen — und der war bei der Eisenbahn —, ein kleines Haus mit Schweinestall und Schwein und Ziegenstall und Ziege. Und sogar ein Stück Kartoffelacker.

Die Beiden am Ufer waren jung und kauten Grashalme, die auf fremdem Boden wuchsen.

Zeise sagte: „Ich ziehe de Kluft an un' geh' in'n Arbeetsdienst."

Arbeitsdienst. Christoph wandte den Kopf so, daß er Zeise ansehen konnte, ohne daß der es merkte. Zeise kaute ruhig an seinem Grashalm und sah gradaus. Der wußte, was er wollte. Der hatte es gut. Warum? Weil er wußte, wo er hingehörte.

Und Christoph? Wo gehörte Christoph Mahr nun hin? Die Kranichstedter Glockengießerei gab es eigentlich schon nicht mehr. Bei seinem Onkel Arcularius war er nur zu Gast. In Ettersfelde bei seiner Mutter war er zu Hause als Kind. Aber er gehörte eben nicht mehr in ein Kinderzuhause. Arbeitsdienst: ja, um fünf raus, turnen, dann schippen oder sonst was arbeiten — eine Arbeit so gut wie die andre — essen, wieder arbeiten — und abends in's Stroh. Einschlafen und keine Sorge um den anderen Tag —

das Reich ist mein Vater, das Reich ist meine Mutter ...

Christoph atmete tief: das war Leben! Zeise hat's gut.

Christoph sah das Reich im Geiste — das ungeheuer große, uralte, unsterbliche, unendlich wirkende — und er sah sich mitten drin, zwischen braunen Schultern, sehnigen Fäusten, zwischen Gewehrläufen, Schreibfedern, Ackerpflügen, Glocken, Schiffen — ein maßloses Gewühl, das ein Gedanke lenkte, ein Lied beflügelte — aber seltsam: er sah sich deutlich in der Menge abgegrenzt. Und diese verdammten Umrißlinien von ihm selber — die eben stimmten nicht. Das war immer bloß seine heutige Gestalt, nicht seine wesentliche Gestalt.

Christoph fühlte den ungestalteten Stoff in sich.

Es ist Gottes Wille, daß ungestalteter Stoff in den Menschen, in die er ihn geworfen hat, drückt und gärt und ihnen keine Ruhe läßt. Christoph wurde in diesem Augenblick der Arbeitslosigkeit mit einem Schlag der furchtbare Druck seines Rohstoffes bewußt. Wie die Gloriosa, wenn sie nicht läutet, sinnlos in ihrem ungeheuren Erzgewicht hängt, so lauerte etwas in ihm — entweder auf das Geläute oder auf den Sturz. Irgend etwas war in ihm, das wie in einem schwangeren Weibe geformt, genährt, geboren werden wollte. Das dunkle drohende Ungeformte in ihm wollte Gestalt und Licht. Dieses Es in ihm mußte er wirklich machen! Das hat sein Arbeitsdienst am Reich zu sein, daß er sich selber wirklich machte.

„Muß!" schrie er.

„Mensch. Was müssen Se denn?" sagte Zeise ruhig.

Es war wieder eine lange Weile still. Zeise kaute ruhig seinen Grashalm. In Christoph arbeiteten die Gedanken. Plötzlich setzte er sich auf und sah Zeise an.

„Na?" lachte Zeise, „was'n nu'?"

„Zeise, machen Sie mit?"

„Was'n?"

„Zeise, jetzt sperr die Ohren auf und halt's Maul — passen Sie auf, Zeise: ich, Christoph Mahr, mache eine Glockengießerei auf."

Zeise lachte noch lauter: „Das is äne Sache! Un' ich werde Pastor un' koofe Ihnen de Glocken ab. Un' Brümmer kann se nachher läuten."

Christoph hatte gar nicht zugehört und sagte mit halb zugekniffenen lugenden Augen, als ob er seine Gießerei dort zwischen den zwei Pappeln schon fertig und mit rauchender Esse dastehen sähe: „Vier, na, es können sechs Wochen werden."

Zeise bog den Kopf vor und folgte Christophs Blick. Da war nichts zu sehen. „Ha'm Se denn erscht ämal Geld d'rzu?" fragte er.

„Zum Anfang gibt mir meine Mutter Geld. Viel nicht. Aber wenn mir Koch das schwere Werkzeug borgt, komme ich übers erste weg."

Menschen, die sich jede Kartoffel und jedes Stück Brot groschenweise verdienen, sehen aus nüchterner Erfahrung das Nächstliegende — wenn nicht auch irgendein Rohstoff in ihnen sie blind und seherisch macht. Zeise verdiente sein Brot und aß es und verdiente dann wieder, und so lebte er gerade und klar Tag um Tag. Er schüttelte den Kopf: „Wenn Koch nich kann, können Sie erscht recht nich."

Daran aber hatte Christoph längst gedacht. Ihn beschäftigte ja immer der eine Gedanke: meine eigne Glocke. Meine Glockengießerei. Er hörte in naher Zukunft eine Mahrsche Glocke läuten.

Christoph rechnete Zeise die Unkosten einer großen Gießerei mit allem Drum und Dran vor. Diese Unkosten wirken sich auf den Glockenpreis aus. Geld gibt's aber heute nicht viel. Ein paar handfeste Kerle wie Zeise und er — was brauchen die denn für sich. Die kommen schon durch. Es wird bald heißen: die Glocken vom Mahr, die sind wohlfeil. Bei dem kann man sie bezahlen. Zeise wurde aufmerksam.

„Soll Brümmer mitmachen?"

„Dann wird's schon zu teuer."

„Wer soll'n gießen?"

„Ich."

Zeise machte das eine Auge zu und verzog den Mund: „Na na."

„Wir haben's doch gelernt, Zeise."

„Aber noch nich alleene gemacht, Mahr."

„Nach dem zweiten Fehlguß hab' ich's. Oder haben Sie etwa Angst vor Fehlgüssen?"

Zeise fing an ernstlich nachzudenken. So falsch brauchte das gar nicht zu sein. Es klang nur dumm.

Und nun kam Christoph mit seinem großen Trumpf heraus: er erzählte Zeise von seiner neuen Formmasse. Aller Wahrscheinlichkeit nach würden sie in Dauerformen gießen können. Dauerformen: man konnte eine Form mehrmals verwerten. Unübersehbare Erfolge waren möglich. Das klang noch dümmer. Aber die Menschen waren es gewohnt, in dieser Zeit überall Ungeahntes aus einer Erde wachsen zu sehen, die jeder Erdkenner eben noch für hoffnungslos unfruchtbar erklärt hatte.

„Schrei'm Se mir'ne Postkarte, Mahr, wenn's soweit is. Wenn ich kann, komm' ich."

„Wenn Sie k ö n n e n? Das ist kein Wort, Zeise. Ohne Sie kann ich's nicht machen."

Zeise fuhr sich mit der Hand über die Nase und schnüffelte ein paar mal. Es hatte eben jemand zu ihm gesagt: ohne dich geht's nicht, August Zeise.

Das tat wohl. Er stand auf. Christoph stand auch auf und sah Zeise an. Dies eine Wort: ohne dich geht's nicht, kann zur rechten Stunde aus Knaben Männer machen. Männer: Schlachtengewinner, Lebensretter, Steuermänner im Sturm — Zeise gab Christoph die Hand: „Bestimmt, Mahr. Ich komme."

8

Im Eifer zertreten die Leute, was ihnen unverwahrt im Wege liegt. Wer unverwahrtes Gut zu betreuen hat, muß beizeiten die schwere Kunst des Einzäunens lernen.

Ein Zaun darf nicht zu hoch und nicht zu niedrig sein, nicht zu bissig und nicht zu harmlos. Von jeher die besten Einzäuner sind die Dichter gewesen, denn Dichtung ist das unverwahrteste unter den Gütern, die am Wege liegen. Nachdem Walther die Menschen vollkommen erkannt hatte, beschloß er als sein letztes Gedicht in Würzburg eine Vogelweide zu pflanzen, und weil auch am goldenen Main nicht alle Menschen zierliche Füße haben, sagte er, sein Vogelgarten solle ein eter werden, denn eter nannten sie damals ein umzäuntes Land.

Im großen deutschen Reich trägt nur noch ein einziges Stück Land mit Recht den Namen von Walthers geflochtenem Zaun. Das ist der Ettersberg. Er verdient ihn. Der Ettersberg ist wirklich ein gehegter Bezirk, wenn auch niemand einen gewöhnlichen Zaun aus Fichtenreisig und Dornstecken an seinem Saume finden kann.

Diesen Berg ettert sein eignes Geheimnis. Weder das Märchen noch die Sage hat in ihn eindringen können. Er liegt stumm in der Geschichte des Landes und Volkes. Nie hat eine Burg oder ein Turm oder auch nur eine Hütte auf seiner höchsten Stelle gestanden. Auch heute noch wagen sich keine Bauten in sein Inneres, und seine Höhe bezeichnet ein von Farrenkräutern überwachsener Markstein. Keine Schlacht ist von ihm aus gelenkt, kein Korn in ihm gemahlen, kein Vieh auf seinen Waldblößen geweidet worden.

Es herrscht eine tiefe Ruhe wie in der Zeit vor dem ersten Märchen in seinem Walde.

Nur die dunkle und gewaltige Seele der Deutschen hat in diesem Ettersberge und in seinem Sichtkreise von jeher getastet, gezuckt und sich geregt. Das Erfurter Augustinerkloster ist nicht viel weiter von seiner Höhe entfernt als das Gartenhaus an der Ilm unten. Es gibt alte Landleute, die an besonderen Tagen das Geläut der Gloriosa im Ettersberge gehört haben wollen, freilich nur ganz leise, nicht lauter als das dünne Mückensummen im schmalblättrigen weichen Berggrase. Die Gloriosa läutet nun schon länger als fünfhundert Jahre auf dem Erfurter Dom — wenn es Gott gefiel, mag sich wohl hin und wieder einer ihrer ungeheuren Akkorde zu einem Lufthauch verdünnt in die Ettern verloren haben.

Gewiß ist, daß auf diesem geheimnisvollen Berge der Enzian in tief blauen Glocken blüht und daß auf seinen Waldblößen Buchen wachsen, welche ihre unteren Äste ringsherum als einen Mantel ins Gras hängen lassen. Mitten auf blendend grünem Rasengrund grenzen diese uralten Bäume dunkle Gehäuse ab, in denen Tiere und Menschen unbehelligt leben und weben können.

In den Ettern müssen sich in aller Verborgenheit seltsame Ereignisse zugetragen haben. Zu dem wenigen Sonderbaren, das über die Ettern hinaus bekannt wurde, gehört ein Dichter, den in diesem Walde plötzlich sein eignes Gedicht packte und ihn zwang, einen Vers, den er eben gemacht hatte, mit seinem Körper zu spielen.

Man weiß auch, daß dieser selbe Dichter, als er schon ein ganz alter Mann war, eines Tages mit seinem Schüler in die Ettern zog. An der Hottelstedter Ecke stand er still. Diese Ecke ist einer der gewaltigsten Aussichtspunkte im Reich — freilich auch ein echter Etternort: weder eine Bank, noch ein Stein, noch gar ein Turm bezeichnet ihn dem fremden Wanderer. Auf dieser Stelle hielt der Dichter eine große Rede über die Fische, welche hier geschwommen haben, als alles Land ringsum noch Meeresboden war. Danach hat der Meister mit seinem Schüler aus biegsamen goldenen Schalen roten Wein getrunken.

Das sind gewiß Ereignisse, die sich nur in abgelegenen und umzäunten Gegenden zutragen können.

Die Verbindung der Außenwelt mit dem Ettersberg und dem an seinen Waldhängen gelegenen Dorfe Ettersfeld ist in der Tat vorbildlich schlecht. Von Eisenbahn gar nicht zu reden — ganz an der Außenseite des Waldes fahren in vorsichtigen Abständen Postwagen hin und her und saugen mit ihren Gummireifen den ebenfalls nur vorsichtig erneuerten Straßenbelag sachgemäß ab. Die Hoffnung ist nicht unberechtigt, daß künftige Dichter, welche aus biegsamen goldenen Schalen roten Wein zu trinken und Reden über Urzeitfische in den Ettern zu halten gedenken, wieder zu Fuße oder auf schrittgehenden Pferdewäglein diesen aufgetrockneten Meeresboden bereisen müssen.

Noch viel weniger als ein Dichter, der goldene Schalen mit sich führt, hatte Christoph Ursache, den Ettersberg eilig zu durchqueren. Er kam früh genug in Ettersfelde an, um seiner Mutter sagen zu können: da bin ich wieder.

Deshalb erstieg er den Ettersberg von Südwesten her auf einem Umweg über die Teufelskrippen.

Ob sich der Teufel in diesen Krippen bei irgendeiner gesegneten Mahlzeit besonders satt gefressen hat, ist — wie alles in den Ettern — ungewiß. Gehirnmenschen behaupten, die Teufelskrippen seien einfach Erdfälle. Aber was weiß der Geist auszusagen im Angesicht von Erdfällen!

Christoph saß in einer grasüberwachsenen Wagenspur auf der Höhe über den Teufelskrippen. Hart am Abhang müssen die Landleute auf diesem steilen Wege in gefährlich ausgefahrenen Geleisen ihre Buchenscheite vom Berg hinunter in die Dörfer bringen.

Tief unter sich sah Christoph diese Dörfer in den gelben und grünen Schachbrettfeldern des Bauernlandes liegen, jedes Nest in einen Obstbaumkranz eingebunden.

Der Blick von den Teufelskrippen reicht weit ins Land. Christoph konnte in der Ferne, gerade im blaßblauen Giebel des Inselberges, die Erfurter Domtürme erkennen. Weiter links streckten sich die Hügel des Holzlandes. Hinter diesen Waldhügeln zog sich ein langes fruchtbares Tal hin, dann kam wieder ein Hügelzug und dahinter wieder ein Tal, und in diesem Tal lag Kranichstedt.

„Mag es hinter den Bergen liegen, so tief wie's will", sagte Christoph. „Dieses Nest der alten Menschen!"

Weil der junge Christoph Mahr zu der Zeit noch in Bitterkeit an diesen Ort denken und ihn des Raubes beschuldigen mußte, war ihm in seinem Zorn unterwegs eingefallen, daß alle Leute, die dort hausten, andere Menschen waren als er: alte Menschen. Er sah sie in Gedanken die Straße entlang gehen: Arcularius, Lichtermark, Andreas Koch, Brümmer, Schratte — alt. Gut und alt.

Eine Fliehkraft schien in Kranichstedt das Junge nach außen zu schleudern.

Wer jung war, machte, daß er fortkam: Zeise, er selbst, ja — und auch das Kathrinchen. Christoph sah nach den blassen Türmen: die Trine saß nun dort unter der Gloriosa. Wie ein Küchlein unter der Glucke, und der Glucke waren schon fünfhundert Jahre zugewachsen …

Kathrine hatte wenigstens Segenssprüche auf ihren Weg mitbekommen. Bei seinem Auszug hatte keiner eine Glocke geläutet — doch, die Türglocke der Pfarre hatte geläutet, und Arcularius hatte zu diesem Geläute eine Predigt gehalten über den Segen des Brotstudiums.

Der alte Andreas Koch freilich hatte Besseres gewußt.

„Eine Gießerei wollt Ihr aufmachen? Christoph, eine Glockengießerei?"

Koch glaubte nicht recht gehört zu haben, aber Christoph hatte ihm erklärt, daß er hochzukommen hoffe, weil er ja im Gegensatz zu den großen Gießereien ganz geringe Unkosten haben werde.

Koch hatte in sich hineingelächelt und gedacht: ich soll also die Atzmannsdorfer Sterbekerzen lieber nicht ausknippen? Es ist weise eingerichtet, daß junge Menschen nicht wissen, wie tödlich ihre frische Torheit zu rechnen und dabei auch noch einzusacken versteht. Laut hatte Koch gesagt: „Es stimmt was nicht. Na, wenn es schief gehen sollte, kommen Sie her und fragen mich. Aber das bedenken Sie gut, Christoph: es dreht sich nicht allein um das Werk, das aus einer Unternehmung herausspringt. Mehr als aufs Werk und vor allem Werk kommt es auf die Menschen an, die zum Schaffen in einer Werkstätte zusammengebündelt werden. Die Stätte, Christoph, ist das Eigentliche auf der Erde! Aber sehn Sie, diese Stätten sind's eben, die uns die sogenannten Unkosten machen. Unkosten. Das ist auch falsch gesagt. Unkosten dürft ihr den Preis für den Haupt- und Grundwert nicht nennen. Diese Stätten, mein Junge" — Koch wurde ernst, drehte an Christophs Jackenknopf und zog ihn nahe an sich heran — „die Stätten schmieden die Menschen zusammen. Die Stätten machen das Volk, die sind unser lebendiges Heute — nicht die Werke und nicht die Waren. Auch das, was ihr handwerkliche Tradition nennt und überall sucht, predigt und züchten wollt, auch das wächst nur aus den festen Stätten, nicht aus den Werken heraus, und seien die einzelnen noch so gut. Ja, Christoph, wenn ihr das zustande kriegt, will ich die Atzmannsdorfer Lichter anbrennen, aber jetzt muß ich noch wie der alte Waidbauer sagen: 's geht noch nicht. Na, dazu seid ihr zu jung. Fangen Sie in Gottes Namen an. Aber kommen Sie beizeiten zu mir. Ich habe mehr erlebt."

Diese Rede des alten Koch hatte Christoph quer durch Thüringen getragen, die Teufelskrippen hinaufgeschleppt, und sie saß ihm auch das letzte Wegstück im Nacken — wie der Hockauf, der Spukmönch im Ettersberg, der einsamen Wanderern nachts auf den Rücken springt und sich bis zum Glockenschlag eins schleppen läßt. Dann ist er verschwunden. Der Kochsche Hockauf wollte nicht abspringen, und Christoph war doch schon am Dingweg.

Von diesem tief in einen Feldhügel eingeschnittenen Hohlweg aus sieht man Ettersfelde liegen. Christoph stand still. Dieses Bild bedeutete ihm die Heimat. Hinter dem Dorf liegt der dunkle Etternwald. Auf der Höhe des Hohlwegs zur Rechten hatten sie den Hafer schon in Mandeln auf das Feld gesetzt. In dieses Haferfeld schnitt unvermittelt eine riesige halbkreisförmige Lehmgrube. Zur Linken des Hohlwegs stand auf der Höhe eine Ziegelei.

Und da kommt auch der Ziegler, dachte Christoph. Der Kerl, dieser Pfannert, muß der erste sein, der mir begegnet.

Der Anblick dieses Mannes war zum Fürchten. Sein linkes Bein stand wie ein gebrochener Windmühlenflügel weit ab. Mit Hilfe von zwei Stöcken hinkte Pfannert ruckartig und nach allen Seiten ausschlagend dahin. Er brauchte die halbe Straße zu seiner Fortbewegung. Aber gerade dieser Ettersfelder hätte sich von rechtswegen mit möglichst wenig Raum begnügen müssen. Er hieß zwar der ‚Besitzer' der Ziegelei, aber eigentlich war der lodderig angezogene, rotnasige, wüste Kerl ein Lump.

Vielleicht trug vor einem gerechten Richter Pfannert nicht die Schuld an seinem Lumpentum. Die Ettersfelder hielten ihm nicht mehr zugute, daß er bei einem schweren Unglücksfall ein Bein und die Hüfte gebrochen hatte. Die Brüche waren so schlecht verheilt, daß er nun als ein abenteuerliches Mißgebilde unter den Menschen herumgehen und sich anstarren lassen mußte. Seitdem soff er und tat nichts mehr.

„Wiedermal d'rheeme?" grüßte er Christoph.

„Hoffentlich nicht für lange, Herr Pfannert."

„Keene Arbeet?"

„Die Kochsche Gießerei hat schließen müssen."

„Dreck'che Zeiten! Jaja" — Christoph merkte, wie er nach Schnaps roch — „nischt zu tun. Is ooch ganz scheene. M'r beguckts'ch de Welt."

Pfannert stierte aus seinen verquollenen Augen ins Abendlicht: „Is se nich scheene? Alles rot, hähä."

Christoph nickte mit dem Kopfe und wollte gehen. Aber Pfannert nahm ihn am Arm, zeigte hinauf zu seiner Ziegelei und rief: „Nischt! Leer schteht de Saubude! Niche mal anbrenn'n lohnt. Wenn mer'sch noch verkoofen kennte" — er mußte stark gezecht haben und lachte —, „aber wer soll'n mit dem Dreck da was anfang'n! 's baut je keener. Ziegelbrenner wär'n rar!"

Er knäuelte sich an seinen Stöcken auf der Straße fort und sang gröhlend:

„Ich bin der letzte Ziegelbrenner,
Un' brenn' ich keene Ziegel mehr,
So brennt m'r Schnaps de Därme leer!"

Christoph sah hinauf zu den roten Backsteinbauten: die dicke Esse stand ordentlich auf ihrem Mauerklotz, aber das Dach des großen Trockenschuppens war halb eingefallen. Die Sparren starrten wie Gräten heraus. Am Eingang wucherten ungeheure Brennesselgebüsche. Eine alte Frau saß auf der Schwelle des verwahrlosten Wohnhauses und schälte Kartoffeln. Ihre weißen Haare hingen ungemacht um ihr Totenköpfchen. Die Wirtschafterin sah so schreckbar aus wie ihr Herr. Im Hofe stand ungeschützt vor dem Wetter eine Maschine zum Lehmmischen, ganz braun verrostet.

Es ist ein Jammer um die schöne Maschine, dachte Christoph. Zwei Liter Petroleum, eine Drahtbürste und einen Tag Arbeit, dann ist die Schande aus der Welt. Das sollte man wirklich tun. Ich werde — plötzlich zuckte durch Christoph der Gedanke: bloß die Maschine?! Das ganze Anwesen! Die Esse ist in Ordnung! Wenn ich einen Schmelzofen dranbaue? Steine liegen genug herum. Wenn ich hier aufräume — wenn ich die Ruine pachte — mein Gott, wenn meine Mutter sie kauft?!

Pfannert war jetzt oben am Eingang angelangt, sah Christoph stehen, beugte sich über die Brennesseln und schrie hinunter: „He? Da guckste, was?! War mal äne feine Ziegelei. Ihr Hun'ne. Nu' is se alt. Alt. Alt un' versoffen."

Der Glockengießer starrte immer noch hinauf. Wenn er Maler gewesen wäre, hätte er allen Grund zum Starren gehabt. Die weiten Felder überschattete schon das abendliche Grau, aber durch eine Wolkenlücke brach ein Strahlenbündel der untergehenden Sonne und beschien die Ziegelei. Brandrot stand das Bauwesen in der Abendglut. Die Ziegelei schien aus ihrem Innern heraus zu glühen.

Christoph ging nicht in das Dorf hinunter. Er hatte vergessen, daß dort unten das Haus seiner Mutter stand, der er einen schweren guten Tag zu bieten hatte. Er bog in einen Feldweg ein, um die Ziegelei von der anderen Seite zu sehen. Sie stand immer noch leuchtend wie glühende Erde in der hereinbrechenden Nacht. Christoph suchte einen Rainweg, der vom Feldweg abzweigte. Von dort konnte er die Rückseite der Ziegelei erblicken. Schließlich wanderte er in einem großen Kreis um sie herum: immer stand sie hoch wie eine Burg und leuchtete rot über den Ettern.

Die Glut wurde tiefer und dunkler. Mit einemmal war sie erloschen. Die Wolkenbank im Westen hatte die Sonnenscheibe verschluckt. Als Christoph seinen Kreis ausgewandert hatte und wieder auf dem Dingweg stand, konnte er nur noch eine verwahrloste Ziegelei erkennen: Mauerlöcher, verdorbene Maschinen, zerbrochene Fenster, Brennesseln.

Welches Bild ist nun wahr? dachte Christoph. Die

Gralsburg auf der Höhe über den Ettern? Oder die zerknickten Dachsparren und die Brennesseln?

Die Kochsche Stätten- und Sorgenrede hatte Christoph über dem Strahlenbild vergessen. Den Hockauf war er los.

„Alt!“ rief er, „alt! Man muß sie in Schwung bringen! Dann läutet sie. Die Gloriosa ist nur alt, wenn sie hängt, aber jung wie ich, wenn sie läutet.“

Er beschloß, die Ziegelei morgen in aller Frühe anzusehen. Pfannert hatte ja gesagt, daß er die Ziegelei verkaufen würde, wenn er nur einen Dummen fände.

Nicht kleinlaut und geschlagen, wie sich's für ihn eigentlich gehörte, sondern frisch und mit blitzenden Augen begrüßte er seine Mutter.

Frau Mahr hatte die Lampe nicht angezündet. Sie saß bei dem geringen Sternlicht auf ihrem Stuhl am Fenster und hielt die Hände in der Schürze gefaltet.

„Und nun, Christoph?“

„Mutter, und nun? Was früher Koch hieß, soll nun Mahr heißen! Ich habe mein Handwerk gelernt. Glocken brauchen die Menschen immer. Schlaf wohl, Mutter. Ich bin vom Laufen müde. Morgen erzähle ich mehr.“

Frau Mahr saß noch lange in ihrem Stuhl am Fenster. Als Christoph in der Stube herumgegangen war und geredet hatte, war sie zufrieden gewesen. Seine Zuversicht hatte das Geschehene verdrängt und die Zukunft als wirklich vorgemalt. Nun er im Bett lag und schlief, kroch das Bangen an der alten Frau hoch. Die Kochsche Glockengießerei hatte geschlossen wegen Arbeitsmangel. Sie konnte sich nichts Schlimmeres denken. Das Einzige, was sie von der Zuversicht ihres Sohnes verstanden hatte, war der Satz: Glocken brauchen die Menschen immer.

9

Am anderen Morgen saß Pfannert, der letzte Ziegelbrenner, an seinem trüben Fensterloch — struppig, das Hemd auf der Brust offen, die nackten Füße in Holzpantoffeln. Die Ziegelei lag hoch. Er hätte weit sehen können. Aber Pfannert war böse gelaunt und zählte bloß die Zwetschgenbäume unten an der Landstraße: „Eener, zwee'e, dreie, viere — viere machen dies Jahr sechs Sack Zwetschgen. Sechs Sack gä'm zwee Häfen Zwetschgenschnaps. Un' iche, ich habe keene sechs Pfennche vor ä kleenes Mäßchen."

Pfannert brütete eine Weile vor sich hin und rechnete an seinem Traumschnaps herum.

„Die Hun'ne", murmelte er.

Mit den Hunden meinte er nicht besondere Ettersfelder Bauern. Er stellte nur von Zeit zu Zeit das Wort Hund zur Vorsicht zwischen sich und die Welt.

„Hun'ne, die."

Plötzlich stand sein dösig an den Straßenbäumen hinstreichender Blick fest: unter dem großen Baume, dem mit dem abgebrochenen Ast, wurde ein Kerl sichtbar. Kein Ettersfelder, aber er mußte ihn kennen. Pfannert stierte hin.

„Hoh da, der Glockengießer. Der macht nach Hottelscht. Da guckt er her."

Christoph stand auf der Hottelstedter Straße und sah

nach der Ziegelei hinauf. Er überblickte den roten Backsteinhof von der Giebelseite. Eine schöne hohe Mauer verband Wohnhaus und Trockenschuppen. Mächtig saß die klobig vierkantige Esse auf dem runden Brennofen. Die Rückseite des Wohnhauses konnte er von der Straße aus nicht sehen.

Christoph sprang über den Straßengraben und ging über ein Stoppelfeld.

„Wo will'n der hin" — Pfannert mußte ganz schräg durchs Fenster gucken und den Kopf an das Fenstergewände drücken.

„Da guckt er wieder her."

„Hm, das Wohnhaus sieht schlimm aus", dachte Christoph. „Springt das Dach denn am anderen Giebel so weit vor?"

Er suchte am Ende des Stoppelfeldes einen Rainpfad und schritt den langsam entlang. Da lag der Giebel frei vor seinem Blick. Christoph schüttelte den Kopf: so eine Wirtschaft. Ein Stück Wand mußte beschädigt sein und war roh mit Brettern verschlagen.

Pfannert hatte ihn von seinem Fenster aus nicht mehr sehen können.

„So'n verdammichter Hund", knurrte er, suchte eilig seine Stöcke und hinkte in die Eckstube.

„Da schteht'er un' guckt wieder."

Christoph lag vor allem an einem Blick auf den großen Brennofen und dessen Lage zum kleinen Trockenschuppen. Bis jetzt hatte er draußen im Felde einen Halbkreis um die Ziegelei beschrieben. Nun schritt er einen weiteren Viertelkreis ab, wieder quer durch abgemähte Felder.

Pfannert verlor ihn aus den Augen und ruckwerkte sich

in den Trockenschuppen. Er lugte durch ein Luftloch: „Weeß Gott, da schteht er wieder."

Jetzt wurde der Ziegler aufgeregt.

Das war ihm noch nicht vorgekommen.

„Was will'n der Kerl?"

Draußen zog Christoph um die Ziegelei seine Planetenbahn. Drinnen hinkte der Ziegler fluchend im Kreise mit: Christoph sah in Richtung auf die Torfahrt mit den Brennesseln. Pfannert äugte aus dem leeren Schweinestall. Christoph ging weiter und erblickte die Ziegelei vom Ziegelweg an der Lehmgrube. Pfannert spähte hinter dem Wasserbottich vor.

„Nu' kommt m'r der Hund ganz uff'n Hals", schrie Pfannert, denn Christophs Kreisbahn wurde von dem belagerten Ziegler als eine Spirale erkannt.

Während Christoph auf seiner immer enger werdenden Schneckenlinie der Ziegelei näher kam, karwatschte der fluchende Pfannert auf seiner inneren Kreisbahn herum. Er wußte nicht, wo das noch hinaus sollte. Im Schweinestall stand er nun schon zum drittenmal.

Es hatte ein seltsames Spiel zwischen dem alten Menschen drinnen und dem jungen draußen begonnen. Der zerbrochene und schief zusammengeleimte Lump schien sich um eine geheimnisvolle Kraftstelle zu drehen. Er zog durch sein Gewese wie ein rechter, guter Wirt, immer ruhelos ringsum. Das hatte er schon seit zehn Jahren nicht mehr getan. Aber den Jammer seines Hofes sah er nicht, denn die Kraft, welche den schimpfenden Taugenichts heute morgen im Kreise durch sein Haus trieb, saß nicht, wie es sich gehört hätte, in der Mitte, im Brennofen — der war längst erloschen. Diese Kraft saß jetzt jenseits — in der Welt draußen. Pfannert mußte wie ein Verfluchter immer nach außen blicken. Christoph aber ging als der kleine Zeiger einer Uhr, den ein Zeitbedürfnis auf die richtige Stunde stellen will, seinen Kreis und nahm das zerbrochene Zahnrad innen ruckend mit.

Da Christophs Kreise immer enger wurden, mußte Pfannert immer schneller gehen. Zuletzt hinkte er krakeelend vor Wut mit vorquellenden Augen und aufgeblasenen Backen durch sein Hab und Gut — sechsgliedrig fuchtelnd und atemlos. Der Schweiß lief ihm ohne Sinn und ohne Nutzen übers Gesicht: „Der Hund, der verdammichte."

Plötzlich war Christoph seinen Spähaugen entschwunden.

„Er war doch ä'm noch ganz nahe."

Von der Erde verschlungen war Christoph nicht. Das schien Pfannert bloß so. Der Uhrkreis war nur abgelaufen. Christoph war bis an die Mauer herangekommen, stand nun still und befühlte sie.

Fünfzig Jahre mochte die Backsteinwand stehen, und der sie erbaut hatte, mußte ein guter Ziegelbrenner gewesen sein — alles gleichmäßige, tiefrot gebrannte, schöne Steine. Christoph klappte sein Taschenmesser auf und bohrte an einem Ziegel: hart. Hart und auch frei von Salpeter. Die Hauptsache, der Kern, der Baustein war also gut.

Pfannert hatte ihn endlich entdeckt, guckte vorsichtig um den Torpfeiler und murmelte: „Was macht'n der?"

Christoph war so versunken in sein Nachdenken und sein Ziegelbohren, daß er nicht merkte, wie Pfannert ihm näherkam und endlich hart hinter ihm stand.

„Heeeh! Sie! Löcher hab'ch genug in'n Haus!"

Christoph schrak zusammen. Das wüste Gesicht war ihm

ganz nahe und stank. Aber er mußte jetzt freundlich sein. Das Leben zieht manchmal geheimnisvolle Spiralen: im Dasein des Ehrlichen kann in einem Nu ein Lump Großmacht sein.

„Schöne Steine, Herr Pfannert. Solche Ziegel sieht man heute selten noch."

Pfannert sah den Backstein an, sah das Taschenmesser an, sah dem Christoph Mahr grob ins Gesicht und sagte, während ihm der Saufschweiß in die Augen beizte: „De Schteene da? Gut? Hä. Woher wissen Se'n das?"

„Ich verstehe allerhand von gebrannter Erde."

„Äh! Nu nee! Sähn Se mal! Mir war'sch doch immer, als ob die Klingeltöppe, die ihr macht, aus Blech sin', nich' aus Dreck."

„Freilich, Herr Pfannert. Glocken sind aus Bronze. Aber ihre Form wird aus Erde gemacht. Die Hauptarbeit des Gießers geht an Erde vor sich, nicht an Metall."

„Erde. Da gießt 'r se nu' nein."

Christoph nickte.

„Hm. Da 'nein" — Pfannert dachte nach. — „Was habt'rn d'rvon? Nischt."

„Doch. Glocken."

„Hä. Glocken. Un' die könnt'r dann in de gute Stube häng'n. Oder 's muß ämal wieder Krieg wär'n. Da schmeißen se das Zeig in'n Ofen un' schmelzen's ein. Da habt'r zu tun gehabt, he?"

„Viel."

„M'r hat gedacht, nach'n Kriege, da wär'n Ziegel gebraucht. Nischt is."

„Ja, Meister" — Meister, hatte Christoph gesagt; Pfannert rückte den Kopf zurück und schob befriedigt den

Mund vor — „wie ich mir so Ihre Ziegelei ansah, habe ich gedacht —"

„Was'n?"

„Da hab' ich gedacht: mit dem Ziegelstreichen ist jetzt erst recht nicht viel."

„Nee."

„Na, und da habe ich mir gesagt: du fragst mal beim Meister Pfannert an, was der für seine Ziegelei haben will."

Pfannert sah Christoph an und machte den Mund auf. Er war vor den Kopf geschlagen. Deswegen war der Kerl um den Bau geschlichen? Unter dem Alkoholdunst in seinem Gehirn regte sich ein Rest Bauernschläue.

Er schüttelte den Kopf: „Nee. Hä, nu' nee."

Aber Christoph hatte bei den Glockenverhandlungen in der Kochgießerei auch gelernt. Er gab Pfannert die Hand: „Ach so. Da habe ich Sie gestern ganz falsch verstanden. Ich dachte, Sie wollten verkaufen."

Der Sack voll Taler, in den Pfannert bei seinem ‚hä, nu' nee' zu greifen meinte, wurde schlapp. Die ungezählten Zwetschgensechser verschwammen. Die Hun'ne, dachte er.

„Nu, 's kommt druff an. Un' wo soll ich'n hin?"

„Mieten Sie doch das kleine Mählertsche Haus am Teich. Das steht leer. Sie haben dann doch Geld."

„Was woll'n Se'n gä'm?"

„Daß die Ziegelei nicht viel wert ist, wissen Sie selber. Ich frage ja auch nur an und weiß gar nicht, ob und wie ich's könnte. Man muß doch aber erst mal hören."

Frau Mahr machte sich immer Sorgen. Mit den Jahren stellt sich das Herz auf die Sorge ein, und der Mensch gelangt schließlich mit der Sorge in ein ebenso vertrautes Gleichgewicht wie ein anderer mit der Freude oder dem Zorn.

Die böse Nachricht von der Schließung der Kranichstedter Gießerei war ihr nicht anzusehen. Sie goß aus ihrem Topf den Kuchenbrei in die Pfanne und war ganz bei ihrer Arbeit.

„Christoph!" rief sie, als die Tür ging. „Komm in die Küche. Ich bin noch nicht fertig. Wo bist du bloß in der Hitze rumgerannt!"

„Im Felde, Mutter."

Er fing an zu erzählen.

Bei einem Besuch in Kranichstedt hatte ihr Christoph den Werdegang einer Glocke gezeigt. Sie verstand, was er ihr von gebrannter Erde sagte und welche Aussichten ein Guß in Dauerformen haben könnte.

Beim Essen sprach Christoph immer weiter, bis seine Mutter sagte: „Junge, was redst du. Als wenn du die Welt erobern wolltest. Wohin soll nun alles, was du weißt und gelernt hast?"

Beinah hätte Christoph geantwortet: in die Glockengießerei Mahr. Aber er besann sich und ging stufenweise zum Angriff vor.

Als Frau Mahr beim Abwaschen war und Christoph auf der Küchenbank saß und die Messer und Gabeln auf der Messerputze blank schliff, begann er mit dem volkswirtschaftlichen Teil seiner Ausführungen.

Die Teller waren trocken und die Gabeln blank. Frau Mahr setzte sich in ihren Stuhl. Christoph redete, und sie wollte dabei eben ein bißchen einnicken.

Aber nun war Christoph zu seiner Schlußfolgerung gekommen und sprach mit erhöhter Stimme: „Und da dachte ich nun, Mutter, ich habe ausgelernt, ich verstehe mein Fach durch und durch. Ich weiß sogar Dinge, die andre nicht wissen. Ja, Mutter, und so ist denn die große Stunde in meinem Leben gekommen: ich will mich selbständig machen."

„Aber Junge —"

„Ich will mir eine eigne Glockengießerei einrichten —"

„Aber —"

„Natürlich fange ich ganz bescheiden an und baue die Gießerei erst an Hand der eingehenden Aufträge richtig aus."

Schon bei seinem Spruch ‚die große Stunde ist gekommen' war der Schlaf aus Lina Mahrs Augen gewichen. Jetzt war sie ganz munter: ja, bescheiden anfangen — sie kannte die Mahrs! Christophs Vater war auch so einer vom bescheidenen Anfang gewesen. Der war aber Schulmeister, und das hatte dem Leben auch dann einen Halt gegeben, wenn nach den bescheidenen Anfängen allemal die unbescheidenen Enden gekommen waren — was hatte ihr Mann, der Robert, nicht alles vorgehabt und in Bewegung gesetzt! Und jetzt will der dumme Junge auch so anfangen!

„Christoph, dein Vater war aber doch in festem Lohn und Brot."

„Einmal muß ich doch anfangen, Mutter. Und jetzt ist eine besonders glückliche Gelegenheit da."

Da ist denn auch das Wort der Mahrs: Gelegenheit! Genau dasselbe hatte ihr Mann gesagt, als er eines Tages anfing, ein ungeheuer großes Gipsrelief vom Ettersberg zu entwerfen, auf dem alle Baumsorten und Waldstücke, Bergwiesen und Wege plastisch und bunt bemalt dargestellt waren. Das stand jetzt auf dem Schulboden.

„Christoph, Junge — eine Gelegenheit?"

„Sag eine Fügung, Mutter."

„Was denn für eine Fügung?"

„Pfannert —"

„Du lieber allmächtiger Gott, Pfannert und Fügung!"

„Ja, Pfannert will seine Ziegelei verkaufen."

„Was geht denn dich das an?"

„Wenn du mir nun von der Sparkasse so viel Geld gäbest, daß ich sie kaufen könnte — sie steht ja jetzt weit unter ihrem Wert — und vielleicht noch achthundert Mark mehr, damit ich für den Anfang ein Betriebsgeld habe, dann bekäme ich eignen Boden unter die Füße und könnte anfangen."

„Aber —"

„Bedenke Mutter, es trifft hier Zeit und Fügung wunderbar zusammen. Das kommt vielleicht nie wieder. Ich könnte in Ettersfelde bleiben und brauchte wenig für mich."

„Aber eine Gießerei für die großen Glocken, eine richtige Gießerei und hier in unserem Dorfe — das ist Unsinn."

„Warum denn?"

„Dazu gehört doch so viel Fremdes, wovon hier niemand etwas weiß."

„Ich habe ja alles! Das leichte Werkzeug besitze ich selbst. Das schwere borgt mir Koch. Ja! Er hat es schon zugesagt."

Nun sprach Christoph wieder — schön und fließend. Er malte seiner alten Mutter ein buntes Bild vor vom Leben und Gedeihen einer Ettersfelder Glockengießerei.

Aber Frau Mahr hatte nicht die Phantasie der Mahrs. Sie sah das strotzende blühende Leben nicht. Sie sah nur das dünne blaue Sparkassenbuch an und steckte es dann ganz schnell wieder zwischen den Stoß Unterhosen im Wäscheschrank und schloß den Schrank fest zu. Zweimal rum.

Die paar Mark waren das letzte, was sie Christoph

hinterlassen konnte. Sie hatte ihre kleine Pension. Damit kriegte sie den Jungen zur Not mit durch. Aber wenn sie tot war? Eine verwahrloste Ziegelei kaufen?

Nein.

Christoph rückte ein Bild grade, zog eine fehlende Schraube in das Schloß der Stubentüre, nahm ein Buch vom Brett und stellte es wieder hin.

Es wird ihr schwer, sagte er sich und fing an, ein Blatt Papier gedankenlos mit Zeichnungen zu bedecken. Erst war es Krakelei, dann entstand in den Strichlagen der Längsschnitt einer Zieglеresse. So wird sie sein, überlegte Christoph und rechnete die gegebenen Maße eines der Esse angeschlossenen Schmelzofens aus. Er würde ihn halb versenkt bauen. Schamottesteine für die Feuerstellen müßte er kaufen. Nein, vorher brauchte er eine Schmiedeesse. Mit dem Schmiedefeuer mußte er anfangen. Dann konnte er sich die Roststäbe und die Rostauflagen aus altem Eisenzeug selber zurechtschmieden. Koch borgt mir sicher eine von seinen Feldschmieden. „Ja, so fang' ich an", murmelte er beim Zeichnen, „Feldschmiede, dann Ambos — halt, der wird auch zu teuer. Ich muß sehen, ob ein Klotz Eisen herumliegt. Damit geht's schon. Vielleicht hat der Schmied einen Brocken."

Christoph rechnete.

Sein Gegner am Dingweg oben, der Halunke Pfannert, rechnete auch. Er suchte sich eine leere Kalenderseite, leckte den Bleistift an und begann eine Liste seines beweglichen sowie unbeweglichen Besitzes aufzustellen: Nummer 11, ein Ziegenstall, aus Holz, leer, reicht aber für vier Ziegen, Dach fehlt, liegt jetzt auf Jauchengrube. Nummer 12, eine Jauchengrube, mit Dach. Nummer 13, Pumpe mit Schwengel, gut. Nummer 14, Holz — „nee, das nähm'ch mit."

Volkswirtschaftlich und ortspolitisch, technisch und theoretisch gedieh dem Glocken- wie dem Zieglermeister die Rechnung. Sie kamen beide zu aussichtsreichen Ergebnissen.

Nur der große Nenner in beider Rechnung, das blaue Sparkassenbuch, lag tief zwischen den Unterhosen und rührte sich nicht.

Frau Mahr hielt ihren schmalen Mund herbe geschlossen. Wenn Christoph sie von der Seite ansah und zu einer Rede ausholte, schüttelte er den Kopf — seine Mutter ging als ein aufrechtes Nein im Hause herum.

Aber Lina Mahr ahnte nicht, daß sich bereits die stärkste Macht gegen sie erhoben hatte, welche in menschlichen Gemeinschaften säuert und gärt: das ewige Bedürfnis nach dem Neuen. Je stiller und friedlicher ein Ort — und läge er laut schnarchend im Land — desto zäher pocht in ihm die unterirdische böse Lust an der Veränderung.

Menschen vom Schlage der Mahr sind die geeigneten Zielpunkte dieser Lust. Die Ettersfelder kannten alle noch den Vater Christophs, den Schulmeister Robert Mahr, der in der Flandernschlacht gefallen war. Sein eisernes Kreuz hing jetzt neben seinem goldenen Namen auf der Gedenktafel in der Kirche. Der alte Mahr hatte bei seinen Lebzeiten die Gemeinde von Zeit zu Zeit verblüfft mit unerhörten, aber verständigen Vorschlägen und Unternehmungen.

Die Ettersfelder entbehrten diesen Mann, dem es um ein Haar geglückt war, den Gemeinderat zur Anlage einer Ockermühle zu bereden. Die Sandgrube am Spechtsborn draußen war wirklich reich an eisenoxydhaltigen Knollen. Aber knapp vor dem Ratsbeschluß hatte der Kuhbauer, den sie schlecht beteiligt hatten, einen Professor in Erfurt gefragt, dem er Mittwochs die Butter ins Haus brachte. Der

Gelehrte soll bedenklich den Kopf geschüttelt haben: erstens gäbe es heute schon viel mehr Ocker in der Welt als Farbenfreude, und zweitens wären die Farbreisenden, die dann ins Dorf kämen, nicht vom Feinsten: denen hänge es am Beruf, mit den Malermeistern in Stadt und Land um jeden Kilokauf ein Saufen anzuheben — aus der Ockermühle wurde nichts.

Dann kam der Gedanke mit der Wasserleitung, der das Dorf in zwei Feldlager spaltete und beinah Mord und Totschlag stiftete. Dann der teure Lichtbildapparat, schließlich die Idee von Ettersfelde als Luftkurort — ja, und jetzt war der junge Mahr kaum in seiner Heimat angekommen, so ging das beispielloseste aller Gerüchte um: Christoph Mahr wolle eine Fabrik gründen, eine Art Metallfabrik. Es war von Schmelzöfen die Rede, von Bronze, und wenn einer von Glockenguß sprach, so hatte Kruspe nur verächtlich weggeblickt, ausgespuckt und dann gesagt: „Glocken? Heeh? Kanonen!"

Wenn der ältere Mahr, der mit dem goldenen Namen, Ettersfelde nur in den Lauf der Welt einzahnen wollte, so schien der junge Mahr seinen Geburtsort geradewegs an den Rand des Versailler Vertrags bringen zu wollen.

Pfannert nämlich, der Ziegelstreicher ohne Zwetschgensechser, hatte sich nach gelungenem Abschluß einer vorläufigen Inventarliste in die Schenke begeben und ohne einen Sechser in der Tasche leider bereits mehrere Zwetschgenwässer im Magen. Es galt nun, dem dicken Schenkenbrott ein vertrauenerweckendes Bild von der soliden Pfannertschen Zukunft zu entwerfen, um über die nicht finanzierten Schnäpse wegzukommen. Das gelang dem alten Halunken völlig: Brott war über die unerhörte Nachricht bewegt und weich, und Pfannert war besoffener als je.

Von der Schenke aus kroch das Gerücht vom Ziegeleikauf mit vielen „Hah's“ und „Na du's“ durch die Gemeinde.

Frau Mahr kochte den Haferbrei zum Abendbrot, beschloß ausnahmsweise eine Büchse eingemachter Kirschen darüber zu gießen — Christoph war so still — und ahnte nicht, die Gute, daß ungezählte Augen auf ihre Schürzentasche gerichtet waren, in welcher der Wäscheschrankschlüssel stak. Denn dieser Schlüssel war es, der den Weg über Unterhosen, Sparkasse und Schmelzofen freimachen konnte zu einem neuen, schöneren Ettersfelde.

„Ja doch“, hieß es im Dorf, „Kruspe hat's gesagt un' der hat's von'n selber.“

Kruspe war zur Verbreitung solcher Nachrichten nicht unberechtigt. Im Hauptberuf bekleidete er das Amt des Totengräbers. Da aber Ettersfelde sehr gesund lag, mußte er sich nach Nebenberufen umsehen, und er hatte deren mehrere. Einmal hackte er vom Spätsommer an auf den Höfen Holz. Auch in der kühleren Jahreszeit ist das eine beschwerliche Arbeit. Lieber beschäftigte er sich mit innerer Mission. Als Totengräber gehörte er zum engeren Kreis des Kirchenregiments und hatte Übung in der Menschenverbesserung bekommen. Da er ein riesenlanger Kerl war und von den Begräbnissen her sein braves Gesicht in drohende Falten zu legen verstand, so schüchterte er die kleineren und deshalb belasteteren unter den Ettersfelder Bauern nicht wenig ein: wenn die ihn sprechen oder auch nur rülpsen hörten, so klang ihnen das verdächtig nach dem Poltern der bekannten Schaufel Erde auf der Holzlade.

So kam es, daß Kruspe auch Pfannert, das Sorgenkind der Gemeinde, gelegentlich betreute und genötigt war, manches Zwetschgengläschen mit ihm in missionierender Hinsicht umzustülpen. Letzthin hatte eine solche Sitzung in der Schenke stattgefunden, und Kruspe war aufs beste über Christophs weitgreifende Pläne unterrichtet.

Kruspe hackte für Frau Mahr das Winterholz im Hofe klein.

„n' Abend, Kruspe", sagte Christoph.

„Nu schönen guten Abend, Herr Mahr. Wie geht's denne immer?"

„Gut, Kruspe. Und Ihnen?"

„Schlecht."

„Nanu."

„'s schterbt je keener."

„Ach", sagte Christoph.

„Un' wenn eener schterbt, is' es immer bloß ä Kleener."

„Ja, Kruspe, die Kleinen frißt das Leben lieber."

„So is es. Wenn nur ämal ä Großer schterzte."

„Aber Kruspe, lassen Sie doch die Leute leben."

„'s lebt manches Aas."

„Jetzt hören Sie auf. Das ist ja gotteslästerlich."

„Nu, sähn Se sich den Süffel, den alten Pfannert an. Jedes eenzelne Stückchen von dem is doch eechentlich schon tot, un's Ganze lebt un' sauft vergnieglich weiter."

„Ja — ich habe mir heute seine Ziegelei angesehn. Die ist auch mausetot, und Pfannert lebt. Das ist richtig. Er sollte sie mir verkaufen, he?"

„Was'ä? De Ziegelei? Hähä."

„Ich baute mir Schmelzöfen hinein."

„Ach so, un' dann woll'n Se Glocken machen?"

„Was kommt, Kruspe. Arbeit ist Arbeit. Und wenn's Kanonen sind."

10

Ganz früh war Christoph durch den Wald gewandert, um Pilze für seine Mutter zu suchen. Unter den alten Buchen wächst ein wenig bekannter braunschwarzer Trichter von würzigem Geschmack. Die abergläubischen Pilzweiber nennen ihn Totentrompete und lassen ihn stehen. Frau Mahr trocknete ihn und würzte damit ihre Suppen köstlicher als die Köche das Gasthofessen mit ausländischen Pfeffertränken.

Es hatte am Tag vorher geregnet, aber Christoph fand nicht viel Pilze. Er ging auch falsch. Statt oben auf der Höhe unter den Buchen zu bleiben, wanderte er gemächlich den Singerbachweg hinunter und schlug sich durch den Tannenwald, der auf dem Ettersberg den Buchenkern wie eine stachlige Schale schützend umgibt.

Christoph stand auf der Höhe am Waldrand und sah nach Nordwesten, denn er hatte sich vorgeredet, nach dem Wetter sehen zu wollen. Wenn man den Inselberg scharf und dunkelblau erkennen kann, gibt es Regen.

Der Inselberg war nicht zu sehen. Christoph sah auch die Domtürme nicht. Er seufzte: vielleicht sah Kathrinchen gerade jetzt auf die Türme. Es ist Sonnabend. Sicher kauft sie auf dem Markt zu Füßen dieser gotischen Türme ihr Gemüse ein.

„Wenn ich die Türme erkennen könnte, sähen Kathrinchen und ich dasselbe", sagte Christoph.

Solch ein alter Turm hält die verstreute Menschheit

beieinander. Vielleicht haben sie deshalb die Türme so hoch gebaut.

Als Christoph in die Küche kam, sah Frau Mahr in das Pilznetz: „Das sind wenig."

„Hm", sagte Christoph.

„Christoph, was reden denn die Leute in Ettersfelde von dir?"

„Ich war im Wald, Mutter. Das Wetter hält sich."

„Christoph, die Waschfrau hat gesagt, der alte Kühnel, der doch im Gemeinderat ist, hätte gesagt, du solltest gesagt haben, daß du eine Kanonenfabrik in Ettersfelde eröffnen würdest."

Christoph lachte.

„Christoph, schämst du dich nicht? Hast du so etwas geredet?"

„Ich habe ein bißchen Spaß gemacht mit dem Totengräber."

„Mit Kruspe macht man keinen Spaß."

„Nein", sagte Christoph und schüttete die Pilze aus, „der bläst sonst in die Totentrompete. Viel gibt's dies Jahr nicht, aber sieh mal, Mutter, die Totentrompeten, die heuer wachsen, sind schön groß und fett."

„Hättest du lieber fleißiger gesucht. Christoph, ein guter Ruf ist schnell zu Tod geblasen."

Das fehlte gerade noch, dachte Christoph. Die Menschen klatschen ja wie die Teufel!

Er wußte nicht, wie segensreich dieser Klatsch an seiner Glockengießerei baute. Wie die Schwalbe brachte jedes Klatschmaul einen Schnabel voll Leim, der ihn fester und rascher an die Ziegelei am Dingweg oben mörtelte, als jemals seine eigene Redegabe dies vermocht hätte. Zehn

Jahre später — und er hätte den Ärger seiner Mutter zu seinen Gunsten gedeutet.

Jetzt ärgerte er sich mit. Er nahm sich vor, den einzigen vernünftigen Menschen in Ettersfelde zu besuchen, den er dafür hielt. Das war der Nachfolger seines Vaters, der Schulmeister Kramer.

Wütend schritt er durch die Dorfgasse und starrte im Gehen immer auf seine Stiefel. Keinen Menschen wollte er sehen.

Das war auch falsch. Die Ettersfelder sahen ihm nach, plinkten sich an und sagten: „Wie er sich verännert hat. Na ooch, wer so was vorhat, soll sich nich verännern."

Kramer sah überrascht auf, als Christoph bei ihm eintrat, legte die Feder aus der Hand und lächelte: „Sieh da, der Herr Mahr."

„Warum lachen Sie denn?" fragte Christoph mißtrauisch.

Nun erst lachte Kramer und sagte: „Ich hatte ja noch gar nicht gelacht."

„Verdammtes Gerede hier im Dorf."

„Nun nun, Klatsch bedeutet für die meisten Menschen das geistige Leben. Ich wollte, die Leute trauten mir zu, daß ich irgend so was Unmenschliches ins Werk setzte."

Christophs Mißtrauen gegen das Kramersche Lächeln hatte guten Grund. Kramer lachte selten. Nicht mehr weit von der Fünfzig war er unverheiratet und ganz in sich versponnen. Seine freie Zeit widmete er der Botanik, und zwar nicht erfolglos. Die Professoren in Jena schätzten seine Dienste. Er führte nicht nur die Tabellen über Blütezeiten und Fruchtreife der Laubbäume, die im Ettersfelder Schulhause seit Generationen für die Wissenschaft beobachtet wurden. Er war auch ein Mooskenner von Rang.

Seine Moossammlung wurde in manchem Buch zitiert, und seine Präparate erfreuten sich in Jena eines guten Rufes.

In Kramer war jedoch mehr Stoff, als daß er sich hätte verurteilen dürfen, im Vorhof der Wissenschaft stehen zu bleiben. Zum dauernden dienenden Verkehr war er geistig nicht untersetzt genug. Er hatte nicht nur einen emsigen, sondern einen scharfen und nachfassenden Geist und erkannte mit den Jahren viele berühmte Bücherschreiber als bloße Verzehrer. Die neue Zeit hatte nun eine Gasse in die Söldnerscharen des Intellektes geschlagen. Die Menschen fingen an, den Thron des Gehirnsubjekts wieder zu erkennen als das Holzgerüst mit Sammet beschlagen.

Aber als der Mann mit dem naturwissenschaftlichen Gesicht mußte der Schulmeister Kramer auch die neue Zeit zunächst wieder vom Gehirn aus zu erfassen versuchen und den Kopf schütteln über die gärenden Gewalten.

Diesem in der Regel verschlossenen Lehrer Kramer erzählte nun Christoph, was wirklich mit ihm vorgegangen war und wohin er steuerte.

„Ettersfelde liegt weit ab", sagte Kramer.

„Wovon?"

„Vom großen Wirtschaftsstrom."

„Eben deshalb", antwortete Christoph.

„Ich kann mir schwer vorstellen, daß so weit vom Verkehr ein lebendiges Werk dieser Art gedeihen kann."

„Die Kramersche Moossammlung ist bekannt von Kiel bis Innsbruck und steckt in einem Schrank in Ettersfelde."

Kramer lachte und schlug mit der Hand an die große Schranktüre: „Das da drinnen ist alles trocken. Meine Präparate geben keine Träne mehr von sich!"

„Meine Glocken heulen auch nicht."

„Nein. Aber Sie brauchen Volk für Ihre Glocken, das heult oder lacht."

„Sie verwechseln mich mit dem Pastor, der an der Glocke zieht. Der braucht das Volk. Ich mache die Glocken bloß."

„Nun, so oder so — wäre aber Kranichstedt nicht wirklich der richtigere Ort?"

„Bloß dorthin nicht!" rief Christoph. „Dort wohnen nur alte Menschen! Die schlagen nicht mehr aus und werden nicht mehr grün."

„Bloß Alte wohnen dort? Was nennen Sie denn alt, Herr Mahr?"

„Nu —", fing Christoph an und stockte.

„Also?" fragte Kramer wieder.

„Sagen wir — ja, mit Zahlen ist das nicht gut zu sagen."

„Dann ist's überhaupt nicht zu belegen."

„Es gibt doch Alte und Junge!"

„Natürlich. Ich frage ja auch nur, welche Menschenart Sie mißbilligend die alte nennen."

Christoph wurde hitzig: „Soviel kann man doch zum Beispiel sagen: mit, na, mit sechzig wird es dünn."

„Was Sie nicht sagen" — Kramer lächelte ihn mit seinen gescheiten grauen Augen an — „sechzig. Der sogenannte alte Bismarck, der das Gesetz gegen Marx machte und gegen die politisierenden Priester, war einer der jüngsten, klarsten und elastischsten Europäer."

„Na ja, Bismarck."

„Na ja, der alte Bismarck — entschuldigen Sie: aber so sagten seine Zeitgenossen, welche damals — jung waren. Was Sie mit alt meinen, ist kein Ergebnis des Ablaufs der Lebensjahre. Sie sind auf dem Holzweg und merken das hoffentlich nicht erst, wenn Sie siebzig sind.

Ich bin nämlich bald fünfzig und kriege gelegentlich ein Verteidigungsbedürfnis gegen den Windelgrößenwahn."

„Der Jahrgang —"

Kramer legte ihm die Hand auf seinen Arm: „Die Jahrgänge gleichen sich nicht. Es gibt manchmal eine schlechte Lage Jugend, manchmal eine schlechte Lage Alter, und die Schicht Mann ist auch nicht immer das Wertvollste in einer Lebensschicht. Dann gibt es Alter mit Genie zu Jugend, und Jugend mit Talent zu wirklichem, großen Alter gibt's auch ... ja, lieber Mahr, so primitiv ist diese Welt leider nicht, wie sie für den Tagesbedarf sein sollte."

Immer liefen die Gespräche mit Kramer in Nachdenkerei aus. Christoph wollte aber nicht nachdenken. Er wollte handeln.

Unbelehrt ging er vom Schulmeister fort. Die alte Frage: stehe ich allein da? kroch ihm kalt den Rücken hinunter. Aber er hätte ruhig sein können. Es ist nicht wahr, daß sich die Menschen einsam werden lassen. Sie fürchten sich viel zu sehr vor sich selber, um allein zu bleiben. Was in seiner Kraft steht, tut der Mensch, um den Andern am Alleinsein zu verhindern. Am liebsten setzten sich die Leute alle aufeinander und machten einen Menschenklumpen aus Gottes Ebenbild. Nichts ist für einen armen Mann in der ganzen weiten Welt so schwer zu beschaffen als Ruhe und Alleingelassensein zur Arbeit. Man bohrt ihn auf alle Weise an, bis er entweder aus Verzweiflung reich wird und einen Zaun um sich errichten kann — oder bis er aufhört zu arbeiten.

Christoph war nicht allein. Um sein Haupt schwirrten die Absichten der anderen und legten vorderhand seinen Leib an eine gute Kette.

II

Als das letzte Korn in der Scheune war und der erste Dreschflegel den Herbst anrief, wanderten Frau Lina Mahr und Christoph Mahr, ihr einziger Sohn, gemeinsam hinunter zur Kreisstadt. Frau Mahr drückte das in Zeitungspapier gewickelte Sparkassenbuch fest an die Brust.

Heute sollte der wochenlang umkämpfte Kauf der Ziegelei beim Notar bewirkt werden. Frau Mahr sollte von heute an nicht mehr die Besitzerin eines Sparkassenkapitales sein, sondern einer verwahrlosten Ziegelei.

Daß sich Christophs Vater in seinem Grab in Flandern deshalb umdrehen werde, konnte Frau Mahr leider nicht behaupten: sie war gar nicht sicher, ob nicht der Mahr mit dem goldenen Namen weit aus Flanderns Feldbreiten herüberwinkte: meine alte Lina! Du bist ein herrliches Mädchen! Recht so, Kinder — der Stoffel soll zur Ehre unseres Geschlechtes eine Mahrburg bauen am Dingweg oben hinter den Ettern!

Frau Mahr seufzte.

„Der Weg ist so lang“, sagte Christoph bedauernd.

„Nein schwer, dummer Junge.“

Von der Bank im Vorzimmer des Notars erhob sich Pfannert — sechsgliedrig wie ein Tintenfisch. Er begrüßte

Frau Mahr und Sohn der Situation entsprechend ernst aber leuchtend.

Frau Mahr nickte unmerklich und setzte sich in die äußerste Ecke. Christoph machte ein verlegenes Gesicht und sprach so viel und so schnell er konnte, damit nur sein Geschäftsfreund nicht zu Worte kam.

Pfannert hatte sich auf eine Feierlichkeit vorbereitet. Er war enttäuscht, als der Notar trocken den Vertrag herschnarrte.

Die Namen waren unterschrieben, und das Geld hatte im Kasten geklungen, jedoch Frau Mahr sprang nicht in den Himmel. Sie war kaum ihrer selbst mächtig, als der Tintenfisch auf sie zukarwatschte und sprach: „Geehrte Frau Lehrer. Nu' sin' Se vor Gott un'n Menschen de Besitzerin von der Dingziegelei. Ich sage Ihnen denn ooch unse'n Zieglerspruch, wie ich'n bei mein' Einzug gekriecht habe:

Erscht schtreichst'n Lehm,
Dann brennst'n rot.
Der Schteen bleibt läb'n,
Du Hund schterbst tot.

Na prost. Nächste Woche zieh'ch, Herr Mahr. Dann kenn' Se 'nein."

Das hatte sich Frau Mahr vorgenommen: wenn Christoph etwa sagen würde: nun woll'n wir erst mal im Schwan zu Mittag essen — sie ging nicht mit. Sie nicht!

Aber Christoph bekam keine kostspieligen Anwandlungen. Als der Notar aufgestanden war, hatte er plötzlich ein Steuerruder in der Hand gehabt, die Menschen traten im Kreise um ihn zurück und sahen ihn an: nun steure, Christoph Mahr.

Er ging ganz still neben seiner Mutter her, saß in tiefen Gedanken neben ihr auf der Holzbank im Park und biß in sein Wurstbrot.

Zeise bekam seine Postkarte, setzte sich auf's Rad und fuhr los. Es war gut, daß er kam. Christoph allein kriegte die verwilderte Ziegelbude nicht instand. Frau Mahr hatte einen Blick in die wüsten Räume getan und erklärt, in das Unwesen setze sie keinen Fuß.

August Zeise setzte beide Füße hinein, und zwar fest. Die Ziegelei, so verwahrlost sie war, machte ihm Spaß. Er fühlte sich zu Hause. Wie viele Erzgießer kam er nicht vom Metall, sondern vom Lehm her. In den Jahren nach der Konfirmation hatte er in der Kranichstedter Ziegelei gearbeitet und war erst später, als Lehmformer, zu Andreas Koch gekommen.

Christoph hatte so viel Gedanken im Kopf gehabt, daß er den Anfang zum ordnungsmäßigen Tun nicht fand. Nun aber Zeise lebendig dastand, das Gewese beguckte und über's ganze Gesicht lachte, galt es, ihm ein Unterkommen zu schaffen.

„Kosten darf's aber nischt. Wir brauchen meine paar Mark für die richtige Arbeit", sagte Christoph. An Lohn war Zeise mit wenigem zufrieden. Mittagessen würde er mit Christoph zusammen bei Frau Mahr.

Aber die Gebäude! Für Wände und Decken genügte ein Kalkanstrich. Die Dielen und Fensterbretter wurden abgelaugt und dann geölt. Das Hauptwerkzeug zum Reinigen blieb auf einen Besen beschränkt. Alles Weitere sollte die Blütezeit der Glockengießerei bringen — kurz, Frau Mahr sagte: „Ein Greuel und eine wahre Heidenwirtschaft. Es fehlt nu' bloß noch Pfannert dazu."

Koch hatte einen freundlichen Brief geschrieben: ja, es bliebe dabei, das Eisenzeug würde kommen — eine Feldschmiede, ein schwerer und ein leichter Kran, Tiegelzangen, Schablonenholz und manches andre. Es werde an die Bahnstation Hopfbach gesandt.

Die Zeit bis zur Ankunft des schweren Werkzeugs mußte benutzt werden. Das große Trockenhaus wollte Christoph stehen lassen, wie es stand. Den Raum brauchte er nicht. Der Ofen und die Dammgrube kamen in die Brennerei. Der kleine Trockenschuppen sollte Arbeitsraum werden. Er hatte die rechte Größe, aber keine geschlossenen Wände. Die ungebrannten Ziegel brauchen zum Trocknen Luftzug. Zur Gewinnung des Zuges war in den Wandmauern umschichtig ein Backstein ausgelassen worden. Dem schlechten Dach war einstweilen mit Dachpappe und Teer beizukommen Aber die Ziegelsteine wurden bei den Ofenbauten gebraucht — „wie setzen wir die Luftlöcher zu, Zeise?"

„Je, Ziegelschteene koofen?"

„Die Leute lachen uns aus und sagen: das erste, was die Dingziegelei tut, ist der Ankauf von Ziegeln."

„Die Ding-Gießerei", verbesserte Zeise und fand einen Ausweg.

Sie würden Lehm und Stroh mischen und Luftziegel streichen. Schlecht genug würde es aussehen, aber die Steine kosteten nichts. Die Lehmarbeit war beiden vertraut, und die Fabrikation von Lehmsteinen geriet. Nach zwei Tagen freilich fanden sie die Schmiererei mit dem nassen Strohlehm gräßlich.

„Dreckziegel" — den beiden Glockengießern fehlte das Feuer im Haus.

„Statt Stroh hätten wir Kies zuschlagen sollen. Da

liegt der Kies von Pfannert noch. Und dann die Steine ordentlich brennen."

„Woll'n Se wegen der Last Ziegel den großen Ofen anmachen, Mahr?"

„Den kleinen", sagte Christoph. „So bekommen wir wenigstens die Sockelsteine, und, Zeise — wir wissen dann gleich, wie die Esse zieht."

„Brennt'n der Ofen ooch?"

„Ich hab' ihn doch nicht probiert."

„Das dauert aber, eh wir raus ha'm, wie der Ofen zieht un' was er braucht. So ä Ding muß mer genau kenn'n."

„Nee, Zeise, das kostet mir zuviel Geld. Dann lassen wir's bei den Strohziegeln."

„Mer hol'n den Pfannert. Jeder Ofen hat seine Mucken. Der kennt se."

„Zeise! Bloß den versoffnen Kerl nicht hier ins Haus! Aber seinen alten Gehilfen hol' ich. Den Rulle. Der wohnt im Unterdorf und hat nichts zu tun."

Rulle erschien. Er war fast taub. Christoph schrie ihm ins Ohr: „Ziegel brennen!"

Rulle nickte.

„Aber den kleinen Ofen!" rief Christoph, als Rulle den großen Brennofen prüfend umschritt.

Rulle schüttelte den Kopf: „Der Hund brennt niche."

„Der große kostet zu viel. Ich habe kein Geld!" schrie Christoph.

Rulle kratzte sich hinter den Ohren. Dann nickte er. Was der junge Meister da eben gesagt hatte, klang ihm so vertraut. Er fühlte sich wieder zu Hause hier oben und schrie zurück: „Der Alte hatte ooch immer nischt!"

Dann lachten sie alle drei und gingen zum kleinen Brennofen. Viel taugte er nicht. Der Zug saß nicht gut. Die Steine bekamen unregelmäßiges Feuer.

„Scheen wär'n de Schteene nich da drinne", knurrte Rulle.

„Aber billig! Los!"

Eines Tages rauchte früh um fünf die Zieglereſſe am Dingweg vor den Ettern. Die Bauern auf den Feldern rings in der Ettersfelder Flur legten die Hände über die Augen und sahen scharf hin: „Weeß Gott, 's roocht schon."

Was die Esse zum Rauchen gebracht hatte, konnte niemand sagen. Christoph und Zeise war bei ihrer Arbeit nicht ganz so wohl, wie sie beim Mittagessen Frau Mahr gegenüber immer taten. Es konnte doch beinahe alles, was sie jetzt unternahmen, schief gehen. Deshalb hielten sie das Hoftor fest verschlossen. Gute Ratschläge und Beileid wollten sie nicht noch schlucken müssen.

Die vorüberkarrenden Ettersfelder hörten nur, daß hinter der roten Mauer Leben war. Seit der schwerhörige Rulle da oben mitwirkte, hörten sie dieses Leben besonders deutlich. Weil es aber außer Essenqualm nichts zu sehen gab, hielt die Begutachtung schwer. Das war ein Glück. Wenn die Ettersfelder gewußt hätten, daß die alte Esse nichts anderes zum Rauchen gebracht, als was sie schon seit drei Generationen warm gemacht hatte, nämlich ein oder zwei Last Ziegel, so wäre der neu erglänzende Ruhm der Mahr sehr früh geschwärzt worden.

Dann hätte auch Frau Mahr noch ganz andres zu hören bekommen, als in dem Brief ihrer lieben Schwägerin Arcularius schon zu lesen stand: Andreas Koch habe erzählt, was die Jungens für Dummheiten vorhätten —

aber so sei heute die Jugend: Fahnen, Singen, unverschämte Reden und große Unternehmungen. „Nein, liebe Lina, junge Leute soll man kurz halten. Bewahre Dir Dein Geld. Halte ja Deine Notgroschen fest und wirf sie nicht in diesen Abgrund jugendlicher Unbesonnenheit."

Der Brief kam zu spät. Aber die wertvollen Ratschläge darin hatten eben deshalb Frau Mahr ein paar böse Nächte verschafft. Denn da sie eine gescheite und vornehme Frau war, behielt sie Frau Arcularius' Rat für sich: „Der Bengel braucht nicht auch noch beunruhigt zu werden. Er arbeitet ja schon über Menschenmaß."

Die neuen Backsteine waren gestrichen, getrocknet, gebrannt. Als Christoph mit den Seinen den Ofen aufmachte und die Steine ansah, rief Rulle: „Ich ha'es doch glei' gesagt!"

Die Backsteine waren wirklich schlecht: voller Risse, graugelb und gescheckt rötlich. Kieselsteine aller Größen verzierten die Außenflächen.

„Ausschuß, Rulle!" schrie ihm Zeise ins Ohr.

„Wa'?" schrie Rulle zurück, denn wenn er nichts hören wollte, war er ganz taub.

Sie begannen die Luftlöcher im Trockenschuppen zu vermauern. Die Wand wurde nicht schön. Neben je einem feinen samtzarten tiefroten alten Ziegel saß je ein ‚Rulle', wie Zeise das eigene Fabrikat genannt hatte. Das war eine große Ungerechtigkeit, denn Rulle war es, der vor dem kleinen Ofen gewarnt hatte.

Pfannert strich auch zuweilen um die Ziegelei. Hinein konnte er nicht. Zeise hatte zu ihm gesagt: „Nee, Meester Pfannert. 's geht noch nich. De Glockengießerei is zu gefährlich."

Pfannert konnte jetzt nur wie einst Christoph außen im Kreise um die Ziegelei herumgehen. Als er aber eines Tages die Luftlöcher vermauert fand und die Steine besah, welche der neue Herr in die Löcher gesetzt hatte, verschlug es ihm die Luft: „Die Hun'ne. Wo könn'n die denn bloß solche Schteene herkriech'n. So'ne macht doch gar keener. Pfui Deiwel. Das war bei mir annersch."

Die zweite Last Ziegel, die sie brannten — denn das Eisenzeug war immer noch nicht angekommen — wurde besser. Nulle hatte gemerkt, wie schändlich Propheten behandelt werden, wenn sie sich mit Prophezeien begnügen. Er hatte jetzt eine besondere Art, sich mit den Schultern zwischen Christoph und Zeise durch und in die Arbeit hineinzuschieben, daß Zeise, wenn Nulle frühmorgens mit seiner Kaffeeflasche zum Hoftor hereinkam, respektvoll sagte: „Morgen, Herr Werkmeester."

Aber die Steine wurden gut.

„Schade, daß die Schande gerade außen sitzt", sagte Christoph. Er brauchte jedoch die neuen Backsteine zum Ausmauern der Dammgrube und für den Ofenmantel. Sie besserten auch am Hause, und als noch die Brennesselbüsche verschwunden und die Maschinen gereinigt und geölt waren, kam ein Zettel: Herr Mahr möchte auf der Station in Hopfbach die Lore aus Kranichstedt entladen.

Christoph lachte: „Wissen Sie was, Zeise? Ich bitte Kühneln, daß er mir die beiden Füchse borgt. Wir nehmen den Kastenwagen von der Ziegelei und fahren selber 'nunter."

Zeise kratzte vom Wagenschild den Namen Pfannert ab und malte darauf: Christoph Mahr Glockengießerei Ettersfelde.

„Aber paßt uff“, sagte Kühnel. „Wenn se warm sin’, legter’n de Wolldecken uff. Un’ nachher bergan Schritt fahr’n! Hör’n Se, Herr Mahr?“

Das wurde eine festliche Fuhre. In der Lore fand Christoph mehr, als er von Koch erbeten hatte. Zuletzt entdeckte er die zweihundert Kilo Angüsse — gute zweiundzwanzigprozentige Zinnbronze — welche Zeise damals zersägt und gebündelt hatte. Auf einem Zettel stand, die Bronze wolle Koch zurückhaben. Aber es eile nicht.

Christoph und Zeise arbeiteten mächtig. Auch Rulle half. Aber Rulle war unzufrieden. Da er schwer hörte, hatte er nie recht begriffen, was die beiden hier oben am Dingweg eigentlich ausrichten wollten. Sein zweiter Ziegelbrand war doch gut: die neuen Anstalten hatten gar keinen Sinn.

„Glocken!“ schrie ihm Zeise ins Ohr.

„Rindviech“, sagte Rulle.

„Bronze!“ schrie Zeise.

„Nä, Dreck“, sagte Rulle, zerschlug einen Ziegel mit dem Hammer und zeigte auf die Bruchstelle: „Das is’ kee Mischen nich’.“

Nun kam da der schwere Kran, es kamen Zangen, Tiegel. „Neimod’sches Zeig. Wärd nischt“, sagte Rulle.

Er kratzte sich auf dem Kopf. Ihm war so wohl gewesen, als die alte Ziegelei wieder in Gang kam. In glücklicher Verdrossenheit scharwerkte er unermüdlich vor sich hin. Das Leben fing für ihn noch einmal an.

„Neimodsch.“

Er sollte noch ganz andre Dinge erleben. Christoph und Zeise verwandelten sich. Bei der Lehmschmiererei und dem Brennen hatten sie ihre blauen Leinenhosen und Jacken, die schweren Holzschuhe und die schönen Lederschürzen nicht angehabt. Zur Arbeit an der Glockenform kamen sie in ihren richtigen Werkkleidern.

„Das da drinne soll ä Feuer gewesen sin?“ hatte Zeise zu Rulle gesagt. „Dadran kannste dir de Kartoffeln warm machen. Paß uff, wenn mir anfang'n.“

Was Zeise damit meinte, verstand Rulle nicht. Aber er sperrte die Augen auf, als die Glockengießer an ihr Werk gingen und Handgriff um Handgriff so ruhig und sicher verrichteten, als hätte diese Arbeit wirklich Sinn.

Christoph wußte längst, was er gießen wollte: hundertfünfzig Kilo — mehr nicht für die erste Glocke. Und auf Es sollte sie gestimmt sein. Diese Glocke hatte er schon einmal fast selbständig bei Andreas Koch geformt.

„Was soll'n druff schtehn?“ fragte Zeise.

„Sursum corda!“

„Was? Sowas Lateinsches? Was heeßt'n das?“

„Reißt hoch die Herzen“, sagte Christoph.

„Hm. Na. Kooft die nu ooch jemand mit so'ner Inschrift?“

„Mensch! In dieser unsrer Zeit!“

„Was nützt'n das, wenn mersch's nich verstehn?“

„Es muß drauf, Zeise“, sagte Christoph.

Die Zeichnung war längst fertig gewesen. Auch die Profilschablone stand bereit. Die Schablonenspindel wurde hergerichtet, der Kern aufgebaut, und die Arbeit wurde ernst.

Der Herbst zog ins Land. Von den Ettern leuchteten die Buchen wie Brand und Feuer. Die Blätter fielen ab. Christoph hatte kaum gesehen, wie sie golden wurden, und er sah sie nicht herabsinken. Der böse Novemberwind donnerte über sein Haus. Woche um Woche klatschte der Regen an die Scheiben und Holzläden.

Eines Tages sagten die Ettersfelder: „'s roocht wieder oben. Dunnerwetter, was der vor'n Qualm macht. He du, jetzt geht's los da o'm."

Seit einer Woche waren Christoph und Zeise nicht mehr zum Essen zu Frau Mahr gekommen. Sie könnten jetzt nicht. Sogar Rulle hatte sich eine Strohschütte gemacht und schlief oben. An einem Sonnabend holte Zeise in der ersten Frühe drei Tagelöhner aus dem Dorf. Sie sollten bei den Handreichungen helfen.

Am Sonntag Nachmittag hatten die Tagelöhner in der Schenke sehr Merkwürdiges zu erzählen:

„Zu sähn war eechentlich nischt. In der Mitte war so äne Art Grabhügel mit Löchern drinne un' ä paar Röhr'n druff un' ä Rahmen drum. Aber warm war'sch gewesen. Wie beim Bäckermeester. Nee, noch wärmer. Un' mit een' Male hat der Mahr geschrien: Zeise, los! Un' plötzlich is Feier rausgeloofen. Aber ganz schtille wie ä Bach. Aber schrecklich is es doch d'rbei gewesen. Un' dann war'sch vorbei."

„Na, un' nu'?"

„Weiter weeß'ch nischt."

„Un' du, Rulle? Der sä't nischt. Rulle is' ä reener Ochse."

Das Tor der Gießerei war wieder fest verschlossen. Noch fester als sonst. Die Glocke war gegossen, und der Erdmantel sollte abgeräumt werden.

Es schien Christoph nicht zu eilen. Auch Zeise stand mit den Händen in der Lederschürze daneben. Sie wußten Bescheid. Zwei Steigröhren waren nicht vollgelaufen. Wenn das flüssige Erz durch die Eingußkanäle in die Hohlform hinunterläuft, muß die Luft aus der Glockenhohlform entweichen können. Das Erz steigt dann nicht nur in der Hohlform und den Eingüssen, sondern auch in den Luftröhren hoch. Zwei dieser Röhren waren leer. Das Metall mußte also nicht richtig gelaufen sein. Daß der erste Glockenguß einen ganz schweren Fehler hatte, war sicher.

Sie räumten ab. Nulle war vom Guß noch ganz benommen. Als er aber mit dem Räumeisen vorsichtig an die freigelegten Gußteile klopfte, waren die fest. Fest und hart und klangen wie Metall. Er schüttelte den Kopf über dieses Wunder.

Sie schlugen den Erdmantel Schicht für Schicht ab. Plötzlich rief Christoph: „Da! Der Guß ist hin!"

Rings um die halbe Glocke zog sich ein schrecklicher, handbreiter Spalt mit unregelmäßig gelappten Rändern.

Ein furchtbarer Fehler. Einer von denen, die nicht vorkommen dürfen. An Ausbesserung war nicht zu denken.

Nach ein paar Stunden stand die Glocke frei in den Brocken und Haufen der Mantelmasse.

„Die Eingüsse stehen richtig", sagte Zeise.

„Der Fehler liegt an mir" — Christoph lächelte traurig. „Ich habe zu früh gegossen. Das Metall ist nicht ausgelaufen. Es war nicht warm genug."

„Na ja. Der neie Ofen. Den müss'n m'r erscht raus ha'm. Da schteht nu' der erschte Fehlguß, Mahr. Was nu'?"

„Was nun? Hol'n Kasten Ehringsdörfer, Nulle!" rief Christoph dem Ziegelbrenner ins Ohr. Aber der rührte sich nicht, sondern sah strahlend von Mahr auf die Glocke, von der Glocke auf Zeise und wieder auf die Glocke und gurgelte endlich. „Da! Dunnerwetter! Äne Glocke!!"

Der Fehler machte ihm nichts. Daß da überhaupt etwas Glockenhaftes zu Tage getreten war, erfüllte den alten Ziegelstreicher mit Ehrfurcht.

„Hol Ehringsdörfer, verdammt noch mal!" schrie Christoph. Rulle hatte verstanden und lief.

„Los, Zeise! Die nächste Glocke wird! Sieh mal, der Guß ist sonst tadellos. Den Kran runter und Feuer an! Noch vor der Nacht ist sie eingeschmolzen! Morgen früh fangen wir erst richtig an. Jetzt wissen wir, daß es geht."

Wenn Bronze stark geglüht wird, läßt sie sich zerschlagen. Stundenlang stand sie in der Glut. Rulle war längst nach Hause gegangen. Es war schon Nacht, als die Glocke rotwarm war. Zeise hob den schweren Vorschlaghammer und schlug zu. Das starre Erz brach unter den Schlägen in zackig gerissenen Stücken widerstandslos zusammen.

„Hammer weg!" — Christoph hatte mit einem Male Zeises Arm gepackt. Zeise hielt verwundert inne.

„Sieh, Zeise! Das Stück mit der Schrift ist ganz geblieben!"

Christoph zog das heiße Erz mit der Zange aus dem Haufen der Bruchstücke und schüttete einen Eimer Wasser darüber.

Der Dampf schoß hoch, und als die Wolken verzogen waren, lag ein gebogenes Stück des Glockenhalses auf dem Boden und sagte: **sursum corda.** Ringsherum war das Erz wild ausgezackt wie ein Granatsplitter.

„Hätten Se das Lateinsche nich genommen."

Christoph lächelte: „Laß Zeise. Das ist ein uralter Glockenspruch. Gib'n Spiralbohrer her."

Zeise sah erstaunt zu, wie Christoph links und rechts ein

Loch in das Bruchstück bohrte. Das war bei dem eisenharten Metall sehr mühselig, obgleich sich Christoph dünn ausgelaufene Stellen zum Anbohren ausgesucht hatte. Die Löcher kosteten ein paar gute Bohrer.

Dann trug Christoph das Spruchstück vor die Haustür und holte die Leiter.

„Kommen Sie, Zeise. Nehmen Sie die Laterne mit und leuchten Sie mir."

Sursum corda stand über der Türe des Glockengießers Christoph Mahr am anderen Morgen.

12

Der neue Guß sollte wieder eine dreihundertpfündige Es-Glocke werden. Auf Versuche kam es jetzt nicht an. Auch Christophs neue Formerde sollte nicht erprobt werden. Die Aufgabe stand klar: erst mußte der jungen Glockengießerei ein einwandfrei gutes Werk gelungen sein. Alles andre durfte nach dem geglückten Werk kommen.

Über der Arbeit an der neuen Glocke konnte es Spätwinter, vielleicht Frühjahr werden.

Christoph saß mit Zeise in der Eckstube und entwarf den Feldzugsplan. Der Raum sah spartanisch aus: in der Mitte stand ein großes Zeichenbrett auf Böcken, mit Papieren und Zeichenzeug bedeckt. Die eine Ecke der Stube nahm der aus roten Backsteinen aufgemauerte große Ofen ein. Ein Wandbrett mit Büchern. Zwei Holzstühle. An der gekalkten Wand war mit Reißzwecken eine große Photographie befestigt, die den hölzernen Glockenstuhl von Iggensbach in Bayern mit der ältesten deutschen Glocke aus dem Jahre 1144 darstellte.

Auch die Landschaft blickte in dieser Jahreszeit spartanisch zu den Fenstern herein. Ein paar kahle tropfende Zweige, weite schwere braune Ackerbreiten, platschnasse Wege. Vor der Ferne hing ziehendes Regengewölk.

„Hoffentlich versinke ich nicht auf dem grundlosen Weg nach Hopfbach", sagte Christoph.

„Sie ersaufen schon nich'", antwortete Zeise. „Un' das is' sicher, Mahr: wenn Se Brümmer ä' Brief schreiben, kommt der nich. Der liest'n, wunnert sich über so'ne lange Schreiberei, legt'n unners Gesangbuch uffs Brett un' wart't, was nu' kommt. Uff Geschriebenes hin tut der nischt. Das verschteht er nich."

„Gerne hole ich ihn nicht."

„Ich machte's. Uff die paar Mark sollt'es Ihnen jetzt nich ankomm'n. Nich wahr: der zweete Guß muß doch nu' klappen, un' der alte Brümmer kennt seine Sache. Lassen Se den ämal an Ihr'n Ofen rummachen. Was mir nach'm fünften Guß noch nich rausham, sieht der vor'm erschten schon von weitem."

„Nach Kranichstedt ...", sagte Christoph in Gedanken. Er beobachtete, wie das Regenwasser an der Fensterscheibe verzweigte Bäche bildete und in immer neuen, merkwürdigen Windungen seinen alten Weg abwärts zur Erde suchte.

„Is ooch ganz gut, wenn Se da mal hingucken." Zeise sagte das nebenbei, hielt den Kopf schief und blinzelte in das Unwetter draußen.

„Und gute Lehren aufhucke", sagte Christoph.

„Nee, Mahr. Ich ging an Ihrer Schtelle zu dem alten Professor un' fragte, wie's dem geht."

„Was ist'n Zeise? Ist er krank?"

„Er nich."

Christoph wurde aufmerksam. „Sie etwa?" fragte er.

Zeise zählte die Regentropfen. „Ich gloobe. Na, 'n Doktor ham se nich. Aber de Leite sagen, wenn's ihr gut ging, käm' se doch ma' raus aus ihrer Klappe unterm Dach."

„Unsinn, Zeise. Lichtermarks schlafen ja unten."

„Ja, ich weeß je nich. Aber das Mä'chen soll doch immer o'm gewohnt ha'm."

„Wer?!" schrie Christoph.

Zeise stand jetzt am Iggensbacher Glockenbild: „Au! Verflucht. Se müssen sich annere Zwecken kofen. Nu' hab'ch das Ding in'n Daumen."

„Wer, Zeise?"

Zeise sog an dem Zweckenstich und sagte zwischendurch: „Wer? Na, die Kleene. Wie heeßt se glei'? Ja, die Kathrine."

„Die ist zu Hause?"

„Warum soll se nich zu Besuch sin'? Dadrum sag'chs nich. Aller Nasen lang is se je zu Hause. Aber 's sieht se keener. Un' wenn eener immer uff der Bettkante sitzt un'n Schlüssel rumgedreht hat —"

„Und das erzählen Sie dickfelliger Kerl mir nach acht Wochen und so nebenbei?"

„Mir ha'm grade Zeit gehabt für Weibertratsch, dächt'ch. Aber wenn Se schon nach Kranichstedt machen, dacht'ch, könnten Se ooch beim Professor guten Tag sagen."

Eigentlich hatte Christoph Anfang nächster Woche reisen wollen. Nun zog er am anderen Tage ab.

Kathrine zu Hause?

Unterwegs dachte er: was sage ich nur, wenn sie mich fragt, was ich getan habe? Den anderen kann ich irgend was erzählen. Aber wenn Kathrine fragt, muß ich schon sagen, daß meine bisherige Leistung erstens im Geldausgeben und zweitens in einem Fehlguß bestanden hat. Oder ja: ich kann sagen, daß ich einen Granatsplitter über meine Türe genagelt habe, auf dem lateinisch steht: reißt hoch die Herzen.

Er wohnte drei Tage in der Pfarre. Seinen Onkel Arcularius belog er einfach und schämte sich dessen nicht einmal: „Ich stecke bis über die Ohren in Vorarbeiten. Aber **sursum corda**, lieber Onkel!“

„Das ist ein katholischer Spruch, mein Sohn.“

„Ach Onkel, diese alte Glockeninschrift klingt heute beinah wie ein Haussegen.“

„Nun, Christoph, möge deine Arbeit von Segen gekrönt sein.“

„Und sonst geht's gut hier in Kranichstedt?“ fragte Christoph.

„O, so. Hm hm. Nun ja, wie's geht im Leben.“

Es war zum Verzweifeln: weder der Pastor noch die Pastorin fingen von dem einzigen an, was er hören wollte. Auch Lichtermark hatte „so so“ geantwortet, und dabei wußte Christoph, daß Kathrine wieder in Kranichstedt zu Besuch war.

Fremde konnte er doch nicht nach Frau Kesselstein fragen.

Den Meister Koch belog er nicht: „Ja, Meister. Einen Fehlguß.“

Aber der alte Glockengießer antwortete richtig: „So muß es anfangen, Mahr.“

Auch zu Brümmer sagte er die Wahrheit: „Ja, Meister, einen Fehlguß“ und setzte hinzu: „Sie müssen kommen. Zum Einformen nicht. Wir machen alles fertig. Aber dann zum Schmelzen und zum Guß! Zehn Tage nur, Meister. Oder sechs Tage. Ich richte Ihnen eine Stube in der Gießerei ein.“

Brümmer bedachte sich. Er wollte erst überlegen, wie sich das einrichten ließ. Er sei der Jüngste nicht mehr. Und sein bißchen Wirtschaft müsse doch auch besorgt sein.

Am zweiten Abend kam Christoph wieder die Badergasse herunter. Am Ende lag das Lichtermarksche Haus. Oben in Kathrines Zimmer war Licht.

Er trat unter einen Torbogen schräg gegenüber und sah hinauf. In der Stube bewegte sich jemand. Der Schatten war schwach und zerflossen. Mit einem Male aber stand scharf und deutlich das Schattenbild einer Frau auf dem Vorhang. Das mußte Kathrine sein. Sie stand zwischen Lampe und Fenster. Vielleicht las sie. Christoph konnte genau den gesenkten Kopf mit dem Haarknoten im Nacken erkennen.

„Das Trinchen", sagte Christoph. Sein Herz wallte auf, warm und mit ruhigen langen Schlägen.

Jetzt wurde es auch unten im Hausflur hell. Der Schatten oben blieb stehen. Christoph hörte Stimmen. Die Haustür ging auf. In den gelben Lichtkegel trat Frau Lichtermark. Gleich wehte ihr der Wind den Umhang ins Gesicht. Sie murmelte etwas in ihrer Kuke, versuchte den Regenschirm aufzuspannen und gleichzeitig mit der einen Hand ihren Mund freizumachen. Nun kam der Alte heraus, und während er den Mantelkragen hochklappte, schlug ein Windstoß schallend die Türe zu. Der Novemberwind fauchte. Sie schritten die Vortreppe hinunter. Der Professor hielt sich am Gitter an und fühlte mit dem Stock die Stufen. Jetzt kamen sie geradewegs auf Christoph zu.

Christoph drückte sich fest in die Ecke des Torwegs.

Lichtermark blieb stehen und zeigte mit dem Stock nach dem Himmel: „Kein Stern." Er hielt beim Sprechen die Hand vor den Mund, daß kein Zug in seine Gesangskehle kam. Das war eine alte Angewohnheit von ihm.

Jetzt in der Nacht und im Winde klang seine Stimme gequetscht wie ein falsch gedämpftes Waldhorn.

„Komm doch nur" — Frau Lichtermark sprach nicht in die Hand, sondern frei und scharf. Sie kämpfte mit einem flatternden Mantelzipfel. „Das zieht ja eisig."

„Es wird einen verdammt zeitigen Winter geben", sagte ihr Gatte.

„Der Sommer hat auch nichts getaugt", antwortete sie.

„Na hör mal —"

Sie waren vorüber. Die Stimmen verloren sich. Christoph atmete auf.

„Nun aber hier fort. Wenn mich ein Schutzmann findet, steckt er mich ein, weil ich ihm nicht sagen kann, was ich suche. ‚Wo ist Christoph?' fragt der Pastor beim Frühstück. ‚Er sitzt', sagt dann die Tante. Jawoll."

Aber Christoph ging noch nicht. Das Schattenspiel oben fesselte ihn wieder. Das Bild war verwischt und ging hin und her. Nun war es ganz weg, aber die Stube blieb hell.

„Soll ich?" murmelte Christoph. Ihm war ein Gedanke gekommen. Mit offenem Munde starrte er auf das helle Fenster. Der Wind pfiff um die Giebel. Dem Glockengießer Christoph hatte das Leben auch schon um die Ohren gepfiffen seit jenem nicht getanen Hammerschlag in der Kochgießerei, nachts, als Kathrine hier im ersten Stock ihre Hochzeit machte. Der jetzige Mahr hätte auf die Blechbahn geschmettert — was auch danach gekommen wäre.

Er sagte: „Der Alte wird doch zugeschlossen haben? Der Wind warf die Türe zu. Es sah ganz so aus, als ob er's bei dem Schreck vergessen hätte."

Christoph wollte wenigstens nachsehen. Da kann ja einer einbrechen.

Er drückte an Lichtermarks Haustür. Sie ging auf. Eh er es sich versah, stand er im Flur, und die Tür war hinter ihm wieder zu.

„Wenn jetzt das Dienstmädchen kommt, schreit sie, und ich reiße aus. Morgen steht in der Zeitung, daß nach Einbruch der Dunkelheit ein Unbekannter versucht habe, bei Professor Lichtermark einzubrechen. Der Dieb müsse die Gelegenheit genau gekannt haben —

Die kenn' ich, Kathrinchen!"

Es war totenstill im Haus. Das Dienstmädchen war wohl längst im Bett.

Christoph ging ein paar Stufen der Holztreppe hinauf. Die alten Bretter knarrten erbärmlich. So ging das nicht. Er trat nun fest auf, als ob er hier ins Haus gehörte, und ging ganz gemütlich Schritt für Schritt krachend die Treppe hinauf.

„Ich muß ihr doch sagen, daß der Alte die Haustür offen gelassen hat."

Jetzt stand er vor ihrer grüngestrichenen Türe, die er lange nicht mehr gesehen hatte. Als Kinder hatten sie hier oben oft gespielt. Er wußte genau, wie die Tür beim Aufmachen quietschen würde. Die Messingklinke hing damals auch schon ein bißchen schief und abgenutzt nach unten.

Nun — und jetzt? Es war eine maßlose Unverschämtheit von ihm. Aber soll etwa die Haustür unten die halbe Nacht aufbleiben?

Das ist gar nicht zu verantworten. Christoph pochte. Kräftig und vertraut.

„Ja, Vater. Ich mache gleich auf", rief es von drinnen. „Hast du was vergessen?"

Die Türe ging auf. Frau Katharine Kesselstein spähte in die Vorsaaldämmerung.

Sie prallte zurück.

„Erschrecken Sie nicht, Kathrine. Aber eben ging Ihr Vater bei mir vorbei und sagte —"

„Ja — aber Herr Mahr?"

„Und sagte —"

„Wie kommen Sie denn hierauf?"

„Und sagte —"

„Mein Vater?"

„Der sagte, ja, der Sommer, wissen Sie Kathrine? Der Sommer dies Jahr —"

„Nun kommen Sie wenigstens herein, — nein", — Kathrine hatte sich gefaßt — „wir gehen hinunter. Ist Vater unten? Ich komme gleich nach."

Christoph war aber schon eingetreten. Kathrine sah ihn erstaunt an.

„Nein, nicht erst runter. Ich habe ja nur eine Minute Zeit. Ja, Frau Kathrine —"

„Also was denn nun? Was läßt Vater mir sagen?"

„Ja so. Nein. Er sprach nur grade vom Sommer."

Der Wind warf eben eine Regenwelle klatschend ans Fenster.

„Sie sind ja ganz naß, Herr Mahr."

„Ja, 's zieht." Christoph zog die Tür hinter sich zu. „Der Sommer, sagte er —"

„Was sollen Sie denn nun mit dem Sommer!" sagte Kathrine ungeduldig.

Christoph atmete auf. Er lachte: „Das war fein gefragt, Kathrine. Was soll ich armes Luder mit'm Sommer. Nein, zu mir hat er das nicht gesagt."

„Ich weiß wirklich nicht — zu wem denn?"

„Zu Ihrer Mutter."

„Ich versteh kein Wort."

„Ihr Vater hat mich ja gar nicht gesehn."

Kathrine war betroffen. Blitzschnell denkend sah sie seitwärts aus den Augen. Dann wurde sie langsam dunkelrot im Gesicht. Sie sah Christoph stumm an, zog dabei den Kopf ein wenig in die Schultern und ließ den Mund aufstehen.

Herrlich sah sie aus! Aber sie tat Christoph in ganzer Seele leid. Daß sie so dastehen muß! Wo hatte sie das gelernt? Bei dem Hund in Erfurt?

„Ich war doch schuld, Kathrine. Ihr Vater hat mich ja doch nicht sehen können. Ich hatte mich ganz tief in Schurichs Torweg gedrückt. Dazu der Wind. Es ist stockdunkel. Das Wetter ist kläglich — kein Stern — nicht ein einziger Stern, Kathrine . . ."

Die zarten Schultern, dachte Christoph. Über ihr linkes Ohr hing eine lockere Haarflechte.

Paß auf — Christoph sah sehnsüchtig hin — die Haare fallen noch ganz herunter.

„Liebe Frau Kathrine, ich will gar nichts weiter als nur fragen: wie geht es Ihnen. Ich habe Sie selber sehen wollen und Sie müssen es mir selber sagen."

„Wie sind Sie ins Haus gekommen?"

„Zur Tür unten rein."

„Hat Sie Vater raufgeschickt oder nicht?"

„Der weiß nicht, daß ich hier bin."

„Mein Gott im Himmel! Christoph, sind Sie verrückt? Wenn das ein Mensch erfährt! Wollen Sie mich ganz elend machen? Hat das Mädchen unten —"

„Die ist im Bett", unterbrach Christoph hastig. „Ich habe ja alles am Licht beobachtet."

Kathrine sah entsetzt auf den Mann und hob langsam ihre Arme hoch wie ein schlechter Schwimmer. Ihre Finger waren gespreizt. Vor Kathrine stieg etwas Mächtiges, nicht Umfaßbares hoch — eine Welle im freien Meer, die kein Land trifft, an der sie branden und brechen kann.

„G a n z elend haben Sie gesagt, Kathrine?"

Sie antwortete mit keinem Wort, setzte sich an den Tisch und legte den Kopf auf ihre Arme. Christoph trat leise heran und streichelte ihr blondes Haar.

Sie ließ es sich gefallen.

„Trinechen."

Christoph beugte sich über sie und faßte sanft mit beiden Händen ihren Kopf.

Aber jetzt sprang Kathrine hoch. Christoph fuhr zurück — er war eben ein Fehlgießer, der wenig verstand. Frauen lassen sich nicht so leicht umschmelzen wie seine harten Glocken. Die Einbrecherfrechheit reichte doch nicht soweit, Kathrines großartig wütenden Blick jetzt ruhig auszuwischen und ganz einfach zu ihr zu sagen: ich räume den gebrannten Mantel ab, der dich drückt. Ich habe dich lieb, liebe Glocke.

Er war noch nicht der Kerl, mit Kathrine fertig zu werden: die sah den Jungen aus Augen an, welche das Bild der wirklichen Welt in ganz andere Gründe hatten dringen lassen als in einen Männerkopf von Glockengießersörgchen.

Kathrine stand auf, sie gab ihm die Hand, sie lächelte sogar, als sie sagte: „So, Herr Mahr. Gute Nacht. Fein, daß Sie mir das von Vater erzählt haben. Es hat mich interessiert. Auf Wiedersehn."

Das sagte sie mit einer Sicherheit, daß Christoph rasend werden wollte. Aber er brach wieder nicht aus sich heraus, wurde bloß rot und wandte sich zum Gehen. Und weil er sich über sich selber ärgerte, drückte er die gebrechliche Klinke derb herunter und sagte: „Seit wann haben Sie denn rotgeblümte Bettvorhänge? Früher waren blaue Streifen drin."

Kathrine sah ihn nur an, und Christoph bewahrte den Blick. So sehr er aber in den nächsten Monaten über das Auge der Eva nachdachte: ob der Blick sagte ‚dummer Esel' oder ‚sieh, er hat das nicht vergessen' — das hat Christoph nicht mit sich ausmachen können.

Als der tapfere Glockengießer wieder unten im Regen stand, fiel ihm ein, daß er ganz vergessen hatte, Kathrine über ihre offene Haustüre aufzuklären.

Oben war immer noch Licht.

„Soll ich noch einmal hinaufgehen?" murmelte er.

Kathrine würde Augen machen. Er gönnte ihr den Schreck als Entschädigung für seinen schlechten Abgang. Womöglich war sie schon beim Ausziehen. Angst vor ihr — ha, Angst hatte er nicht.

Einen solchen Hammerschlag auf die Schicklichkeit bekam er aber doch nicht fertig. Soll denn nun die Haustür die ganze Nacht offen stehn? Ein Dieb kann kommen. Allmächtiger Gott, dieser Kesselstein selber könnte ja daher kommen, den Schirm zuklappen, die Füße abtreten und einfach da in das offene Haus hineingehen — Christoph drückte seinen Hut auf die Ohren und stellte sich unter den Torweg des Kupferschmieds gegenüber.

Der Regen ließ nicht nach. Das Fenster oben wurde

dunkel. Es war stocknacht. Nicht die Hand vor dem Auge sah Christoph, aber er hatte in seinem Herzen das zarte Bild der kleinen geblümten Stube. Ihren Duft atmete er ein die halbe Nacht, fühlte die Regentropfen kalt auf sein Gesicht und seine Hände fallen und wurde naß bis auf die Haut.

Christoph hielt Wache vorm Haus, bis endlich Herr und Frau Lichtermark aus ihrer Gesellschaft zurückkamen.

Der Professor schloß, brummte und schloß hin und her. „So was", hörte ihn Christoph sagen. Frau Lichtermark war schon im Flur verschwunden, als der Alte sein Hausschloß noch einmal untersuchte. Das Schloß war in Ordnung. Lichtermark schüttelte den Kopf und verschwand auch.

Christoph ging nach Hause. Seinen Mantel breitete der Wachmann über den Stuhl, den Hut legte er in das leere Waschbecken, die Hose aber hing er an den Ofen und weil sie tropfte, mußte er noch die Wasserkanne unterstellen, ehe er das Licht auslöschte.

Trotz allem war die Reise nach Kranichstedt ein Erfolg geworden. Brümmer hatte versprochen zu kommen: „Bis Mitte Januar wär'n Se wohl brauchen. Aber Herr Mahr: nich so enge Luftröhren machen. Un' ooch lieber ä paar mehr, besondersch unnen rum."

Nun wollte Christoph seinen Koffer holen. Er ging über den Burgring, am Stadtbrunnen vorbei und bog dann in die Hauptstraße ein. Dicht neben ihm ging eine Ladentür auf, und Frau Kesselstein kam heraus, stracks auf ihn zu. Sie konnte nicht links und nicht rechts an ihm vorbei.

„Ach — Kathrine."

„Guten Tag, Herr Mahr."

„Ich muß eben abreisen. Wer weiß, wann ich wiederkomme. Kathrine —"

„Recht glückliche Reise, Herr Mahr. Wenn Sie wiederkommen, werden sich meine Eltern freuen, wenn Sie uns einmal besuchen."

Das sagte sie her wie einen Vers. Es klapperte ganz schnell heraus. Dann legte sie ihren feinen Lederhandschuh in seine Hand, drückte sie ein bißchen und war im Nu in den Nachbarladen gegangen.

Christoph sah ihr verblüfft nach. ‚Lebensmittel en gros und en detail' stand über dem Schaufenster.

„Ha", sagte Christoph und ging auch in den Laden. Das Geschäft war gut besucht. Er sah Kathrines roten Hut bei den Mühlenfabrikaten und drängelte sich durch die Leute.

„Guten Tag, gnädige Frau."

Kathrine sah ihn zornig an, aber nur der Mund und die Stirne drohten. Ihre Augen blitzten.

„Ein Pfund Haferflocken", sagte Christoph zu dem Verkäufer.

Kathrine war empört.

„Darf ich Ihnen die Pakete abnehmen?" fragte Christoph in unverschämt glatter Höflichkeit.

„Danke, Herr Mahr. Ich gehe gleich damit nach Hause."

„Nach Hause, ach. Dann darf ich meine Tüte wohl hier mit reinstecken."

Das sagte Christoph, steckte seine Tüte in Kathrinchens Marktnetz — „Auf Wiedersehn, gnädige Frau" — und ging nun seinerseits zur Tür, holte seinen Koffer und verschwand unter Hinterlassung von einem Pfund Haferflocken aus Kranichstedt.

13

Daß jetzt die schöne Glocke der Haufen Splitter und Brocken in der Ecke da sein sollte — das ließ sich Rulle nicht weißmachen.

Zeise zeigte ihm den Spruch über der Tür: so viel wäre übrig geblieben.

„Nä", sagte Rulle. Er guckte verstohlen in allen Ecken herum. Verschwunden konnte die große Glocke nicht sein, aber zu sehen war sie nirgends.

Rulle wurde mißtrauisch und erzählte die Geschichte seinem Freund Kruspe.

„Eefach weg?" fragte der Totengräber.

Rulle nickte.

„Weeßte, Rulle", schrie ihm Kruspe ins Ohr, „sin kann das schon. Ich weeß das von mein'm Geschäft."

Rulle hatte ihn verstanden, aber sagte: „Nä."

Kruspe winkte mit dem Zeigefinger hin und her. „Is' so, Rulle! Gucke, da schtehste, un' ich biet'r äne Priese an, un' du schnuppst se. Gesundheet, sag ich, un' heite is Montag. Un'n Mittwoch grab'ch dr'n Loch uff'm Friedhof un' weg biste."

„Nä" — Rulle war hartnäckig, denn die Glocke hatte einen mächtigen Eindruck auf ihn gemacht — „äne Glocke doche!"

„Die ham se ä'm begra'm!" schrie ihn Kruspe an.

„Dich begrab'ch, den Gemeenerat begrab'ch, den Pastor begrab'ch — warum soll'n der Mahr keene Glocke nich begra'm!"

„Nä", sagte Rulle.

„Ochse!" — Kruspe wurde böse — „die macht nu' ä'm unnerirdsch Musike. Ja, gucke nur: du ooch noch, wenn's bei dir so weit is." Der Totengräber besann sich. Er sah Rulle scharf von der Seite an. Dann fragte er: „Du, 's war nachts?"

Rulle nickte.

„Weeßt'n ganz genau, daß das ooch äne richt'che Glocke gewesen is? He?"

Rulle sah ihn groß an.

„He?" wiederholte Kruspe. „Wenn's eene war — w e n n , Rulle — dann schteht se ooch wieder uff. Das is doch's annere Ende von'n Begram-wärn. Un' o b se uffschteht, das woll'n m'r erscht ämal sähn. Nich wahr?"

Die Auferstehung der Glocke beschäftigte den Meister Mahr nicht weniger als seinen Diener Rulle.

Christoph machte sich wegen des Ofens schwere Sorge. Den Hauptteil seines Betriebsgeldes hatte er in den Schmelzofen und in die Dammgrube stecken müssen. Er hatte ihn genau nach dem kleineren der beiden Kochöfen gebaut, aber er brannte nicht so gut wie sein Vorbild.

Es ist wichtig, daß Glockenschmelzöfen schnell brennen. Die Bronze soll nicht lange im Feuer liegen. Christoph sah noch einmal alle Maße durch: den Rost, den Lufteinlaß unter dem Rost, die Weite und Höhe des Feuerungsraumes über dem Rost. Dort müssen die Holzscheite so verbrennen, daß die langen Flammen in den Schmelzherd schlagen können — alle Maße stimmten. Auch die Neigung des Schmelzherdes zum Stichloch hin und dann die Hauptsache: die Wölbung über dem Schmelzherd, an welche die Flammstrahlen anprallen und im richtigen Winkel auf das Metall im Herd zurückgeworfen werden müssen — alles war in Ordnung. Christoph sah das an der Farbe der befeuerten Schamottesteine.

Der Fehler mußte also am Zug liegen. Unter dem Rost tritt die Luft ein, zieht durchs Feuer, reißt dabei die Flammen in den Schmelzherd hinein und findet endlich durch die Abzüge den Weg in die Esse.

„Hätte ich wie in Kranichstedt lieber vier Abzüge bauen sollen?" fragte Mahr.

Zeise hielt zwei Züge bei dem kleinen Ofen für ausreichend, aber der Knick an der Esse sei zu scharf.

Sie rissen die Verbindung ein und mauerten einen rund gebogenen Übergang. Neben solchen Werkstattänderungen ging die Einformung der neuen Glocke rüstig vorwärts. Obgleich in dem neuen Hauswesen noch nichts richtig handgerecht war, konnte Christoph schon in der zweiten Adventswoche die Schablone für das Modell zuschneiden und an die Spindel setzen.

Draußen fiel der erste Schnee. Kramer ließ die Ettersfelder Kinder die Weihnachtslieder üben.

„Ich kann mir gar nicht denken, was Sie für ein Gesicht machen, wenn Sie ‚o du fröhliche selige Zeit' singen", sagte Christoph zu Kramer. Er mußte öfter am Schulhaus vorbei gehen, wenn er in der Schmiede zu tun hatte.

„Beobachten Sie das Dasein der Pflanze", antwortete Kramer, „und werden Sie nicht ängstlich um den Sinn des fröhlichen seligen Lebens. Bloß in Gedichten steht ein

Moos in Frieden da. In Wahrheit kämpfen die armen Dinger auf Hieb und Stich. Nicht das Gute, das Starke erwürgt das Schwache. Glockengießer haben gut singen."

„Sie haben noch keine Glocke wachsen sehen", lachte Christoph, „sonst sagten Sie das nicht."

„Das habe ich freilich noch nicht erlebt."

„Ihnen zeige ich's, Herr Kramer. Jetzt sieht man noch zu wenig. Wenn ich aus Erfurt zurück bin, nächste Woche, hole ich Sie einmal."

Christoph hatte mit Zeise eine lange Liste von Hilfsmitteln aufgestellt, die vor Beginn der Mantelform besorgt sein mußten: Graphit, Formnägel, Pinsel, Kohlenstaub, zwanzig Meter Kette und vor allem Wachs. Das Wachs würde Christoph bei der Firma Kesselstein kaufen. Er würde in die Pankraziusgasse gehen, klingeln und sagen: Ich möchte zehn Kilo Bienenwachs haben. Da würde er ja sehen, was käme. Am Abend aber wollte er seinen alten Lateinlehrer Pohl aufsuchen. Christoph wußte, daß Pohl ein Freund von Lichtermark war — er würde sich natürlich dumm stellen. Aber die Kathrine stak ja in einer wahren Pyramide von Schweigen. Er wollte mit aller Behutsamkeit ein Loch in der Wand suchen, um endlich Tatsächliches zu erfahren.

Rulle siebte den zartesten, feinsten Lehm, der später auf die Wachsschicht des Glockenmodelles aufgepinselt wurde. Diese Schicht ist der eigentliche Schicksalsträger der Außenform.

Zeise arbeitete in der Schmiede beim Meister Hut am Klöppel. In der Höhlung des gemauerten Kernes der Glockenform brannte ein leises Feuer und trocknete die Lehmschicht langsam durch.

Christoph war mit seiner Liste nach Erfurt gefahren. Gleich nach seiner Rückkehr konnte er die Wachsschicht auftragen und die Schrift modellieren.

Die Besorgungen hielten den mit dem Pfennig rechnenden Glockengießer nicht lange auf. Nur die Kette mußte er in einer entlegenen Straße kaufen, in der die Alteisenhändler hausen.

Der Rückweg führte Christoph unversehens durch die Pankraziusgasse. Da er aus einer ihm fremden Stadtgegend in die Straße einbog und sie nicht gleich erkannte, erschrak er: vor ihm stand wie Blendwerk mit einemmal das Kesselsteinsche Haus. Christoph ging rasch und wollte im Geschäftsschritt vorüber, aber das offenbar ganz neue glänzende Türschild las er doch erst: ‚Dr. Kesselstein. Öle, Fette. Chemische Fabrik.‘

Nebenan wurde gebaut. Auf ein Holzbrett war gemalt: ‚Bauherr Dr. Kesselstein.‘

Der Anblick so bedeutender Anstalten schnürte Christoph die Brust zusammen. Das scheint auf seine Art doch ein Kerl zu sein. Da kam er nicht mit. Christoph sah im Geiste seine alte Ziegelei, er sah seinen Schmelzofen, der noch nicht richtig brannte, daneben die Metallscherben seines ersten Werkes — eigentlich hatte er bloß ein Türschild in seinem Leben vor sich gebracht. Sursum corda stand auf dem Kesselsteinschild nicht, aber dessen geputztes Messing blitzte wie ein solides Bankkonto.

Die Klingel an Pohls Türe läutete nicht. Sie ging vor fünfzehn Jahren, als Christoph die Strafarbeiten in die Wohnung seines Lehrers bringen mußte, auch schon nicht.

Auf anhaltendes Pochen wurde endlich die Tür so weit

geöffnet, als die Sperrkette zuließ: „Was wollen Sie denn hier?"

Christoph nannte seinen Namen.

Er sollte bei Tage wiederkommen, knurrte es aus dem Türspalt.

„Ihr alter Schüler Christoph Mahr bin ich doch."

Mühsam löste Pohl die Riegel, Ketten und Schlösser an seinem Eingang. „Schreiben Sie doch vorher."

Christoph erzählte von Andreas Koch, von Ettersfelde, von der neuen Zeit. Langsam wurde der verknorzte Junggeselle warm und schenkte Christoph ein.

Jetzt, dachte der Glockengießer. Er fing an vom Aufschwung der Wirtschaft zu reden und schilderte, wie sich überall ehemals kleine Betriebe zu ansehnlichen Unternehmungen ausweiteten. Christoph nannte das ‚Blüte', und die Laune Pohls begann sich wieder zu verschlechtern. Aber Christoph behauptete weiter, er könne die Blüte ganz deutlich beobachten. Früher hätte er sein Wachs im Nebenladen einer bescheidenen Ölmühle gekauft. In der Pankraziusgasse. Ja.

„Und jetzt getraue ich mich gar nicht mehr in den Laden, so fein ist es dort geworden. Kesselstein heißt der Inhaber. Der Schwiegersohn von Lichtermark, wissen Sie?"

„Gehen Sie ruhig rein, und wenn Sie in ausgefransten Hosen kommen — so verrissen wie der Kesselstein können Sie gar nicht dastehn."

Pohl legte die Hände auf den Rücken und begann um den Tisch zu wandern.

„Dann kennen Sie den Mann nicht, Herr Studienrat. Fein gebügelt. Und was man bei ihm kauft, das ist ordentlich."

Pohl blieb dicht vor Christoph stehen und sah ihn wütend an: „Was kaufen Sie denn da?“

„Wachs. Jawohl. Bienenwachs.“

„Un' das is' gut!“ schrie Pohl.

„Ja aber — freilich ist das gut.“

„Er ooch. Von außen nämlich. Innen ist er so“ — Pohl wischte über den eisernen Ofen und hielt Christoph den schwarzen Finger vor die Nase.

„Na ja, sein Inneres geht uns nichts an.“

„Junger Mensch“, sagte Pohl und riß an Christophs Westenknopf, „sagen Sie doch nicht so leichtsinnig ‚uns‘. Sie kriegen Bienenwachs von ihm. Ich die Bienenstiche. Schluß.“

Christoph antwortete mit geschraubter Munterkeit: „Na, die klassische Philologie kann er doch nicht bemogeln.“

„Das macht'n wenig Spaß. Nee. Aber eine Frau betrügen, das —“

„Die Trine?“ schrie Christoph und sprang auf.

Pohl faßte schnell das wankende Weinglas. „Trine haben Sie gesagt?“ Er besah sich Christoph von der Seite. Dann wanderte er eine Weile um den Tisch herum, blieb endlich stehen und sah Christoph noch einmal schief an: „Trine ist kurz und gut. Sie hat Ihnen wohl was erzählt?“

„Dann hätte ich Sie doch nicht gefragt, wenn ich was wüßte.“

„Nu, gefragt haben Sie je grade nicht. Sie ha'm hier wohl bloß so'n bißchen horchen wollen, wie?“

Christoph brauste auf: „Horchen! Horchen!! Diese Frau sitzt in Erfurt wie eingemauert. Fremde Leute erzählen, daß was nicht stimmt. Unsereiner erfährt kein Wort. Was soll das heißen, die Kathrine allein und elend zu lassen!“

Pohl fühlte die Ehrlichkeit. „Hehe", lachte er böse, „jaja, Mahr, warum? Wer klatscht, hat vor nichts so Angst wie vor Klatsch. Pſſt. Bloß zuhalten."

„Lieber soll sie keine Luft mehr kriegen."

„Natürlich, Stoffel. Und das wissen Leute wie Kesselstein ganz genau. Aber seitdem klatsche ich, mein Lieber. In ganz Erfurt. Und wissen Sie, Mahr, seitdem weiß ich erst, wie wenig die Leute bei ihren eignen Sachen sind: wo ich von der Geschichte anfange — die Menschen lassen einfach fallen, was sie in der Hand haben, sperren Maul und Nase auf und glänzen ordentlich vor Klatsch."

Pohl wanderte.

Halb für sich sagte Christoph: „So sieht das bei ihr aus."

„Nee, so!" rief Pohl, und jetzt geschah etwas Merkwürdiges. Der Lehrer machte seinem alten Schüler — wie er ihm einst die Geste Cäsars am Rubicon eingeprägt hatte — das Elend Kathrines mimisch vor. Er lächelte falsch, stellte sich auf seinen linken Filzschuh, hob das rechte Bein verwegen und unanständig nach hinten seitlich und verbog zierlich die Arme und Finger. Da Pohl Hosen von seltsam engem Schnitt trug, einen Bauch und trotz seines Zornes das freundlichste Thüringer Gesicht hatte, spukte der kleine alte Herr seinem Schüler einen grausig lächerlichen Widerspruch vor.

„Eine Tänzerin?" fragte Christoph beklommen.

„Eene?" schrie ihn Pohl an.

„Allmächtiger Gott!"

„Den lassen wir besser aus'm Spiel! In dem Namen hat die Alte in Kranichstedt die Ehe eingesegnet, und in drei Deiwels Namen fährt sie nun auseinander", rief der alte lateinische Heide und wanderte wieder — bei aller Wut mit einer Spur Befriedigung ganz unten im Herzen. Er nickte beim Gehen: viel Junggesellenjammer lag hinter ihm. Aber auf der anderen Seite drüben ist auch nicht alles reinlich, was geplättet wird.

„Und wenn solche Spitzenkanten in den Kopfkissen sind", sagte er unvermittelt und schlug das Sofakissen breit.

Christoph fand keinen Halt zwischen den widerstreitenden Gedanken, die in ihm hin- und herschossen. Verheiratet, geschieden, Mädchen, Frau, Nichtfrau, Nichtmädchen: wie Drahtverhau hatte Pohl die rohen Nachrichten in seine Liebe gezerrt. Christoph vermochte Kathrine in dem wüsten, stachligen Gewirr nicht mehr zu erkennen.

Das eben macht ja das Leben so undurchsichtig und schwer zu führen, daß uns gerade die mächtigsten und leuchtendsten Ereignisse oft mit scheckigen Fahnen und Katzenmusik ins Haus gezogen kommen.

„Also zu spät", murmelte Christoph.

„Zu spät? Ihr Kranichstedter Hanswurschte ließt die Frau in der Pankraziusgasse verkommen. Glaub' ich euch aufs Wort!"

„Sie lassen sich scheiden?" fragte Christoph nach einer langen Pause.

„Sie läßt sich scheiden", schnarrte ihn Pohl an.

Christoph saß auf der Stuhlkante und hielt die Hände gefaltet. Pohl wanderte lautlos wie ein Gespenst um den Tisch. Lange sagte keiner von ihnen ein Wort.

Die Uhr nebenan schlug die Stunde. Zehn, elf, — zwölf, zählte Christoph.

Der neue Tag.

Als Christoph in Ettersfelde ankam, hatte er das Wachs vergessen.

„Das war doch aber de Hauptsache!" rief Zeise.

Christoph mußte gar nicht zugehört haben, denn er antwortete ganz töricht: „Ja Zeise, alter Freund, die fröhliche Hauptsache macht noch keine selige Zeit."

Zeise schrieb nach Erfurt und ließ das Bienenwachs schicken. Christoph war in diesen wichtigen Arbeitstagen schlecht bei der Sache. Wenn August Zeise nicht gesorgt hätte, wäre vielleicht noch ein zweites Türschild bei dem neuen Guß herausgekommen und Christoph nun ratlos gewesen: er hatte doch nur eine Eingangstür.

14

Ich schlage / hört zu / das ist die Zeit.
Ich läute / steht auf / nun ruft euch das Reich.

Diesen Spruch modellierte Christoph auf die Wachsdecke des Glockenmodelles. Zeise war diesmal einverstanden. Die Glocke wurde nicht auf Bestellung gegossen, und mit dieser Inschrift konnte sie als Uhrglocke und als Läuteglocke gehen.

„Nur was aus der Religion macht'ch noch druff."

„Da steht ja ‚Reich'", sagte Christoph.

„Ach, so is das gemeent."

„Ja, Zeise. Das alte deutsche heilige Reich."

Christoph war glücklich bei seiner Arbeit. In mancher Stunde kam ein Schwung in ihn, der alle Bedenken über den Haufen warf. Diese plötzlichen Zuversichten hielten nicht an. Ebenso rasch versank er in Brüten, ließ die Arme hängen oder schnitzelte versonnen an Weihnachtssternen.

Am Heiligen Abend wollte er vor Beginn der Dunkelheit noch rasch den Durchlaß für den Klöppelring in der Schmiede nachmessen. Meister Hut hatte das Schurzfell schon abgebunden. Das Feuer in der Schmiedeesse war ausgelöscht. Da ein dichter Schnee fiel, war es in der Schmiede völlig dunkel. Der Meister war eben dran, seine Werkstatt abzuschließen.

„Je, de Lampe hab'ch nich unnen. Denn muß ich se wohl holn."

„Lassen Sie, Meister. Ich komme nach den Feiertagen wieder."

„Is besser, Herr Mahr. M'r muß ooch das Uffhörn lernen."

Im Dorfe war kein Laut zu hören. Christoph sah in den fallenden Schnee.

„Das kriegt man schnell raus."

Aber Hut rückte eine Zange an der Wand zurecht und sagte: „Na na. Uffhörn is grade so schwer wie Anfangen. Un für en richt'gen Mann is Schlafen so schwer wie's Wachen."

Hut war ein behäbiger Mann. Da er ein schweres Handwerk betrieb, hatte er mit den Jahren am Fleiß auch das Ruhen gelernt. Ruhen ist eine große Kunst. Ruhe ist die Quelle aller Dauerwerke. Nicht nur Menschen — auch Völker, die nicht ruhen können, bringen taube Früchte.

Christoph lachte: „Nun kommen ja die Feiertage."

„Nich so hab ichs gemeent, Herr Mahr. Sonntagsruhe is von Gott gesetzt, un uff die paßt der Schutzmann uff, un der Pastor sieht d'rnach. Nee — uff eechne Verantwortung de Oogen zumachen. Un wenn de Nachbarn noch so schrein. D a s lern Se mal."

Der leichteste Stoß brachte Christoph aus dem Gleichgewicht. Was ihm der Schmiedemeister, dem er am Heiligen Abend in die aufgeräumte Werkstatt gefallen war, vom Ruhen unter die Nase gerieben hatte, das ärgerte ihn zuerst nur. Wie er aber durch das lautlose Schneestöbern nach Hause ging und weiter darüber nachdachte, wurde er mutlos.

Die einen, sagte er sich, bauen und vergrößern, können sich großartige Schilder an die Türe nageln und finden auch noch Zeit, mit Frauenzimmern zu lumpen. Ich arbeite und rackere und rechne noch in der Nacht und werde nichts.

Trüben Sinnes begrüßte er seine Mutter. Frau Mahr lebte still ihre Tage ab, wie sie der Kalender vorschrieb. In der letzten Adventswoche hatte sie backen müssen, und heute mußte sie zum Abend einen Salat schneiden. Sie hatte rechtzeitig den Weihnachtsbaum mit Lichtern besteckt. Nach der Abendkirche brannte sie die Kerzen an.

Christoph war nicht froh. Aber der alte Zauber der Weihnacht rührte ihn doch an, als die Lichter das Harz in der Tanne erwärmten und ein Duft von Wald aus den Zweigen in die Winterstube strömte. Christoph wurde nicht froh, aber die Heimatkraft des Vaterhauses, diese Weissagung der ewigen Wiederkunft, lockerte sein versorgtes Herz auf; das Feuer im Ofen, die fest verhakten Fensterläden, der Lichterbaum und Geruch des Kuchens brachten zustande, was der Schmiedemeister Hut als willentliches Können vorzeitig von seiner Jugend gefordert hatte: es wurde ruhig in ihm. Er sah eine schöne Glocke gegossen, sah sie auf einem Turme hängen, er sah Kathrinchen die Morgensuppe aus Haferflocken kochen, und das kommende Jahr sah er als einen breiten freundlichen Strom in der Sonne hinziehen.

Zeise war in den Feiertagen nach Hause gefahren. Christoph hatte mit Kramer die Stunde ausgemacht, in welcher er ihm am zweiten Feiertag die Glockengießerei in Ruhe zeigen konnte.

Die Werkstatt sah aufgeräumt und sauber aus. Glänzend und glatt stand die wächserne Glockenform auf ihrem Fundamentring.

Zufrieden streichelte Christoph den schönen Glockenhals. So sollte eine neben der andern stehen im neuen Jahr. Wenn die erste Glocke gut würde, kämen die Bestellungen. Zu Zeise würde er dann Werkmeister sagen — es ist gut, daß der Glaube, der Mensch könne in besonderen Stunden der Weihnachtszeit in die Zukunft sehen, nur ein Aberglaube ist. Wer die Zukunft weiß, kann nicht mehr blind arbeiten um der Arbeit willen. Leute, die in die Zukunft sehen können, haben die Menschen auch meistens so schnell wie möglich aufgehängt.

Christoph verstand diese gefährliche Kunst nicht. Vom Fenster der Eckstube aus sah er nichts als die Schneelandschaft — scharf, durchsichtig, hart bis an den Horizont. Und eben erblickte er noch den Lehrer Kramer, der in dem glitzernden Schnee des Dingwegs zur Gießerei heraufstapfte.

Kramer war von seinem Mikroskop her den Anblick des dunklen Wachsens nach unverkennbarem Gesetz gewohnt. Hier sah er zunächst nur das Wachsen nach Willen und Vorsatz, denn Christoph fing mit der Erklärung der Glockenform an.

„Sie modellieren die Glocke aus Wachs?"

„Nein", sagte Christoph, „die Glocke entsteht nicht aus plastischem Formen, sondern aus Zeichnung, wenn ich sie gesetzmäßig als einen Klangkörper, nicht etwa als eine Ansichtsform empfinde. Ihr Wesen ist der Klang. Zweimal zeichne ich sie. Zuerst entwerfe ich das Profil ihrer Innenform. Genau nach dieser Zeichnung schneide ich eine Schablone aus Holz. Auf einen hohlen gemauerten Kern streiche ich Lehm. Mit jener Schablone drehe ich den Lehm ab und gewinne die plastische Form des Glockeninneren.

Nun zeichne ich das äußere Profil der Glocke. Diese Kurve läuft nicht einfach parallel der Innenkurve. Denn die Erzwand der Glocke muß um des Klanges willen in ihrer Dicke verschieden sein — je nach Tonhöhe und nach Tonstärke. Der Glockenhals ist dünner als der Schlagring. Diese Verschiedenheit folgt einem bestimmten Gesetz.

„Nun muß ich eine neue Lehmschicht auf die vorhandene Lehmschicht auftragen — aber so, daß ich sie später vom Kern abheben kann — und lege darauf noch eine dünne Wachsschicht. Mit der zweiten Schablone, welche die Glockenaußenkurve darstellt, drehe ich diese Wachsschicht ab. So weit bin ich. Die spätere Erzglocke besteht also jetzt aus Lehm mit einem Wachsüberzug. Dieses Glockenmodell sitzt abnehmbar auf dem feuerfesten Kern, den ich zuerst beschrieb."

Christoph schilderte nun weiter, wie er nach Vollendung der Wachsoberfläche mit Schrift und Schmuck darüber ein drittes und letztes Mal Lehmschichten auftragen müsse. Diese äußere Schicht sei der Mantel. Das jetzige Glockenmodell aus Lehm und Wachs, welches zwischen dem Kern und dem Mantel liegt, werde beseitigt. Dadurch gewinne er einen Hohlraum, und den endlich gösse er voll Bronze.

„Sie errechnen also Ihre Zeichnung und folgen dann einer sicheren handwerklichen Übung. Die Glocke ist demnach das Ergebnis eines rationellen Planes."

„Ja", sagte Christoph gedehnt, „wie eine Schlacht. Es kommt bloß noch darauf an, ob ich sie gewinne oder verliere." Und nun zeigte er dem Pflanzenforscher die dunklen Gewalten, die unberechenbar in das Werk eingreifen und deren Beherrschung nicht nur einen geübten Handwerker, sondern den geborenen Glockengießer fordert: vom Stoff aus erwies Christoph die geheimnisvolle Gewalt, welche die Größe eines Werkes entscheidet, an der Legierung und der Erfassung des Gußzeitpunktes, von der Seele aus am Schaffen der Profile.

Kramer hörte gelassen zu und sagte: „Das Letzte — beim Moos und bei der Glocke — hängt also zusammen und ist vielleicht dasselbe. Sonst lohnte sich's ja auch nicht, einen Finger wegen Arbeit krumm zu machen. Es lebt im Moos. Frohe Weihnacht, Mahr: es gießt die Glocke."

Brümmer schnupperte mit der Nase in der Luft, als er die Gießerei betrat: der alte vertraute Geruch nach Rauch, Metall und Lehm. Ihm wurde wohl wie dem Pferd, das in seinen Stall kommt.

Er prüfte haargenau die Anstalten Christophs und Zeises. Einen Zollstock benutzte er dabei nicht. Die Maße hatte er im Gefühl.

„Is gut", sagte er.

Christoph war seiner Prüfung ängstlich gefolgt und sah nun Zeise aufatmend an: jetzt stimmte der Ofen.

Mit dem Material der Form war Brümmer nicht gleichermaßen zufrieden: „Den Lehm ham Se zu fett genommen. Das gibt Sprünge in der Form un die loofen mit Metall voll. Da habt'r scheen nachzuarbeiten."

Rulle sah bereits am zweiten Tage mit Hochachtung zu Brümmer auf. Der junge Meister war hastig. Einmal sang und pfiff er, und gleich darauf wühlte und fluchte er wie ein Wilder. Der alte Ziegelstreicher wußte auch, was handwerken ist und erkannte im Meister Brümmer den Werkmann von Geblüt auf den ersten Blick. Er sah genau, daß Brümmer einen Hammer stets so anfaßte, wie er nachher in der Hand liegen sollte. Ob es die Schippe oder ein Streichholz war — Brümmer mußte keinen Handgriff zweimal tun. Obwohl er ganz ruhig ging und sich nur träge herumzudrehen schien, bekam er doppelt so viel Arbeit fertig, denn er tat keinen Griff unüberlegt.

„Mir viere langen", sagte Brümmer. Er wollte keine weiteren Helfer beim Guß.

So kam es, daß kein Mensch in Ettersfelde eine Ahnung von dem bevorstehenden Ereignis hatte. Brümmer wohnte in einer der aufgefrischten Ziegeleistuben. Rulle kam früh wie gewöhnlich, hatte nicht verstanden, was vorging, und wußte nichts. Brümmer frühstückte mit derselben sachlichen Ruhe wie jeden Tag, ging nicht schneller, sprach nicht eiliger.

Es war alles wie sonst.

Rulle traute seinen Augen nicht, als er Zeise das Schürloch aufmachen und eine Last Holz hineinwerfen sah.

„Was'ä!" schrie Rulle und starrte Zeise an, der oben auf der Stufe am Ofen stand. Das geht ja so los wie damals, als sie die verschwundene Glocke gossen!

Zeises Gesicht glühte im roten Widerschein des Feuers. Er lachte: „Mußt'n selber fragen!"

Den Werkmeister zu fragen, getraute sich Rulle nicht. Brümmer stand an der Waage, wog Zinn ab und rechnete mit Kreide an der Wand. Christoph rechnete mit.

Zeise brachte den Gießlöffel, mit dem sie damals eine Metallprobe aus dem Arbeitsloch des Ofens geschöpft hatten. Rulle hatte auch hineingeguckt: es war entsetzlich gewesen. Die Flammen loderten nicht etwa zum Schwalch hinein, sondern sie wurden gezogen, ganz straff, leise pfeifend. Das war nicht das schöne Flammenwogen und

Lodern gewesen, wie Rulle es vom Zieglerofen kannte — das war das Feuer in seiner gefährlichen, bösen Gestalt. Die ganze Wölbung des Schmelzherdes glühte hellrot wie die Sonnenschale von innen gesehen. Das Furchtbare aber, von dem sich Rulle abgewendet hatte, war der Herd selber, in dem das Erz schwamm: gelb mit grünem Stich und stechend hell. Ohne sich zu regen, ohne zu brodeln — ganz leblos still lag der grauenhafte Teich im Grund. Denn daß er flüssig war wie Wasser, wußte Rulle: sie hatten ja einen Löffel voll herausgeschöpft.

Rulle hatte aufgehört zu karren. Er fing auch nicht an zu sieben. Rulle wußte jetzt, was kommen mußte, stand wie ein angewurzelter Baumstrunk in der Werkstatt und ließ kein Auge vom Ofen.

Schon füllte Zeise die Gießrinne, welche das Stichloch und die Form verbindet, mit glühenden Kohlen, um sie zu erwärmen. Christoph zog aus den Mündungen der Form die Lappenpfropfen. Brümmer nahm die letzte Probe aus dem Ofen, schlug sie nach dem Erstarren entzwei und sah den Bruch an.

„Na Herr Meester?" sagte er bedächtig zu Christoph, „is es gut?"

Rulle mußte die Fenster schließen, damit keine Zugluft das flüssige Metall treffen konnte. Zeise warf die Kohlen aus der Gießrinne und fegte sie mit einem Flederwisch sauber.

Brümmer warf noch einen Blick auf die Angußmündungen. Dann nahm er die Stange, nickte Christoph zu — es fiel kein Wort — und gab dem Tonzapfen den Stoß.

In einem klaren leuchtenden Strahl, ohne zu sprühen oder zu flackern, schoß das Erz aus dem Stichloch und strömte lautlos über die Rinne in die Form. Das war der Glockenguß.

Brümmer legte die Stange aus der Hand, faßte Christoph am Arm und zählte, mit den Fingern zeigend, die Angußöffnungen. In jeder Mündung stand, ohne sich zu rühren, ohne einzufallen oder zu sprühen, das rotleuchtende, erstarrende Erz.

Rulle stand immer noch mit offenem Mund vor der Dammgrube. Der erste Guß war aufregend gewesen. Aber die Großartigkeit, welche in der Stille und scheinbaren Einfachheit dieser Brümmerschen Arbeit lag, überwältigte den alten Handwerker von Fach.

Brümmer hatte einen Waschnapf voll Wasser gefüllt, wusch erst die Hände und steckte schließlich den Kopf hinein. Dann trocknete er sich ab und zog den Tabaksbeutel aus der Hosentasche.

Die wundervolle Meisterlichkeit in Brümmers Leitung seit dem Morgen hatte Christoph wohl gefühlt. Er ging auf ihn zu und drückte ihm herzlich die Hand: „Ich danke Ihnen schön, Meister. Heute habe ich viel gelernt."

„Ih wo. 's erschte Mal hat m'r Lampenfieber. Den zweeten Guß machen Se ooch so. 's is doch gar nischt weiter gewesen."

Daß es wie ‚garnischt' aussah, das eben war Brümmers Leistung, und der Alte wußte das auch selber gut genug.

Brümmer blieb so lange, bis die Form abgeräumt war. Er besah die Glocke von allen Seiten. Dann sagte er trocken: „Is gut", zählte sein Geld nach und wanderte ab.

Christoph konnte kaum erwarten, den ersten Ton zu hören. Er arbeitete fieberhaft. Zeise ließ er nicht heran. Er sollte lieber dem Zimmermann helfen, der in der Mitte des Hofes ein Balkengerüst aufstellte. Zeise mußte statt der Feile das Schnitzeisen führen und richtete aus Eschenholz den ‚Storch‘ zu, einen geschweiften Balken, an dessen dickes Ende die Krone der Glocke mit Eisenbändern angeschlagen wurde. Um das schwengelartig auslaufende dünnere Ende schlangen sie später das Zugseil. Diese uralte Art, Glocken läutbar aufzuhängen, kostete Christoph das wenigste Geld.

Rulle wurde in die Schmiede geschickt. Er sollte den Klöppel abholen. Mit Hilfe des Meisters Hut lud er das schwere Eisen auf sein ächzendes Wäglein und zog es vor sich hinmurmelnd durch das Dorf.

Er kam langsam vorwärts. Wer ihn traf, blieb stehen und wollte Genaueres wissen. Aber Rulle nickte nur jedesmal und sagte: „Nä.“

An der Mühle traf er Kruspe. Der Totengräber ließ sich nicht mit ‚nä‘ abfertigen.

„Se is wieder da“, sagte Rulle.

„Wer’ä?“

„De Glocke.“

„Wo ham’se se denne gehabt?“

„Ich weeß nich.“

„Hat se sich verännert?“

„A bißchen.“

„Ich hab’s d’r doch glei gesagt“, schrie Kruspe, „meine Kundschaft verännert sich ooch in der Erde.“

In der Nacht des letzten Februartages herrschte klirrender, klarer Frost. Die Ettersfelder waren tief unter ihre rotgewürfelten Federbetten gekrochen und hatten die Fenster gut mit Moos verstopft.

Gegen zwei in der Nacht fuhren sie hoch und setzten sich in den Betten aufrecht. Dann kletterten sie heraus und machten zitternd vor Kälte die Läden halb auf. Der Himmel strahlte in übermenschlichem Sternenglanz. Sie sahen nur Schnee und Sterne.

Aber geträumt hatten sie das nicht: durch die Luft tönte golden und klar ein nie gehörter Glockenton.

Herrlich schwebte ein Es-Klang von der Höhe des Dingwegs herab auf Ettersfelde.

In dieser Nacht war die Glocke fertig geworden. Christoph, Zeise und Rulle standen auf dem Hofe.

„Soll ich?" fragte Zeise.

Christoph nickte. Zeise fing an zu ziehen, und Zeise konnte läuten. Die Ettersfelder hatten erschrocken gehorcht. Dann war ihnen eingefallen, daß dieses Geläute von der neuen Glocke kommen müsse. Sie krochen wieder in ihre Betten. „Der Tausend, so'n Kerl", sagten sie und schliefen unter dem Es-Geläute des Christoph Mahr friedlich ein.

In der Glockenstube des Kirchturms war es still. Aus den alten Glocken kam nur ein leises Brummen, das die Schallwellen der jungen Glocke geschwisterlich in ihnen geweckt hatte.

Noch in drei anderen Ettersfelder Stuben fanden die Es-Tonwellen ihre Gegenwellen. Sie fanden dort Ohren, die trotz der Kälte nicht unter den Federbetten verschwinden mochten.

Der versoffene Pfannert kräkelte von einem Fenster zum anderen und horchte: „Meine Ziegelei. Meine Backschteene. Die Hun'ne."

Kruspe kratzte sich hinter den Ohren: „Da macht se schon Musike. Bei so eener nützt kee Begra'm was."

Frau Mahr hatte den Laden ganz aufgestoßen, ihren alten Mantel umgewickelt und wich nicht, bis der letzte Es-Ton verklungen und in den verschneiten Ettern verhaucht war. Sie kannte den Spruch des neugeborenen Glockenkindes und sagte ihn mit gefalteten Händen her: ich schlage, hört zu, das ist die Zeit — ich läute, steht auf, nun ruft euch das Reich.

Christoph dachte, seine Mutter würde die Glocke wohl hören und den Spruch sagen. Kathrinchen würde ihn auch mitsprechen. Aber die wohnte ja so weit. Das Es-Dur Christoph Mahrs drang nicht bis an die Gloriosa des Doms.

Christoph ahnte nicht, daß er der Kathrine mit Zeitschlag und Geläute zur richtigen Stunde den Glöcknerdienst getan hatte — und viel besser getan, als die bezahlten Glockenzieher an jenem schwülen Hochzeitstag im Marienturm in Kranichstedt: die letzte Aktenarbeit des Amtsrichters in Erfurt war an diesem Tag der Vollzug einer Scheidungsurkunde Doktor Kesselstein und Frau Kesselstein geborene Lichtermark gewesen. An e i n e m Tage erklangen die Ettern des Glockenberges vom Es-Dur Christoph Mahrs und zerbrachen die Ettern um Kathrine in der Pankraziusgasse unter dem schnatternden Stadtklatsch des Freundes Doktor Pohl.

15

Christoph war der richtige Handwerker — er dachte: die Glocke ist gegossen, herrlich und gut. Meine Arbeit ist ein Wert. An ihrem Lohne zieht sie den nächsten Wert nach.

Er sollte erleben, daß Handwerkerarbeit nicht gilt, was Bauernarbeit gilt. Bezahlt man den Bauern zu Zeiten schlecht — daß Säen und Ernten Geld wert ist, weiß jeder. Aber daß Handwerken Geld kostet, will niemand hören. Man sieht das getane Ding an, dreht es mißmutig hin und her und will seinen Wert als Stoff und als verbrauchte Zeit wohl bezahlen — daß aber der Handwerker, der nicht Korn und nicht Kuh besitzt, selber in diesem Werk oder Werklein steckt und sein Weib und seine Kinder, daß seine Lehre drin steckt und eine alte Mutter und seine alten Tage, in denen er nicht mehr wirken kann, sondern leben muß vom Gewirkten — das mag man nicht hören.

Einen Mann, der eine Maschine herstellt, mit der grüne Bohnen auf elektrischem Wege in kleine Schnipsel zerlegt werden, läßt man in einem goldenen Hause wohnen: auf dem Bilde ist ja deutlich zu sehen, wie riesengroß sein ‚Werk' ist, in dem diese Maschinen gebaut werden.

Aber das Handwerk taugt ja nichts mehr, sagen die Leute schnell, damit ihnen keiner zuvorkommt mit dem Spruch: ihr taugt nichts — wie deutlich am Handwerk zu sehen ist, das ihr verdrossen und bar des Werkverstehens zugrunde gerichtet habt!

Dem Bauer und der Erde, die man als ‚Scholle' bezeichnet, steht man nahe, denn die Sommerferien werden auf dem Lande verbracht. Dort zieht man Sporthosen an und dicke Stiefel, läßt sich die Haut braun schmoren, zerreibt eine Weizenähre in der hohlen Hand und nickt sachverständig: es ist soweit, der muß nun auch angehauen werden. Abends setzt man sich in die Schenke neben den Bauern — den man ‚Bäuerlein' nennt — gibt seiner Aussprache soviel Mundart, wie man rauskriegt, und freut sich in seiner Bildung über die manchmal gar nicht so dummen Bauernsprüche. Dorfgeschichten werden auch gelesen — das nennt man ‚Volkstum' — und von den Brettern des Stadttheaters kommt der Bauer, die Bauernnot und das frohe Bauerntum wintersüber gar nicht herunter.

Soweit ist der Handwerker noch lange nicht. Was der Mensch außer dem Brotkorn braucht, ‚wird' gemacht — in Fabriken, die hoffentlich in Wirtschaftsblüte stehen, oder irgendwo. Wie es dabei zugeht, ist schwer zu wissen: handwerkende Verwandte kann man nicht besuchen, und Hobelspäne kann man nicht fressen.

Der Bauer ist wohl die Wurzel, aber das Handwerk ist der Stamm des Volkes. Das Handwerk ist es, das in der Welt den toten Stoff bewegt und ihn volkrecht formt.

Verstehen lernen kann man das Handwerk nicht mit den Augen oder den Ohren, sondern nur mit seinen zwei Händen.

Bis dahin hat es gute Weile, und der Blütenzweig des Handwerks, die Kunst, wird noch unter den Dornen des Geistes keimen müssen, wenn alles Werk im Reiche in seinen wahren Wert gesetzt sein wird — denn die Menschen wollen heute bloß mit den Augen lesen und gucken, mit den Ohren hören, aber die Hände wollen sie in die Hosentaschen stecken. Wann es einmal so weit sein mag, daß sie ihre faulen, ungeschickten, nervenlosen, abgestorbenen Hände wieder herausziehen aus den Hosentaschen, das ist nicht abzusehen. Uns wird es während dieser guten Weile nicht allzu gut gehen.

Eine Welt, welche die Schuster hat zugrunde gehen lassen, macht schlechte Philosophie.

Das sollte Christoph jetzt merken.

Die Glocke war gegossen. Es galt nun eine Glockenstube für sie zu finden.

Christoph kaute wieder am Bleistift und stellte eine Liste auf, bei der ihm Zeise diesmal aber nicht helfen konnte. Er schrieb alle Türen Thüringens auf, an die er klopfen könnte, um zu fragen, ob der Mann, welcher hinter der Tür saß, wohl eine Glocke brauchen könnte.

Eine saure Arbeit, denn Christoph — ein echter, phantasievoller Mahr durch und durch — dachte sich bei jeder Türe gleich aus, was er an ihr hersagen müßte. Die ihm bekannten Gewalthaber stellte er im Geiste in seine Eckstube, kam probeweise zu seiner eigenen Türe herein, verbeugte sich und fing an: ‚Ich habe eine Bitte, Herr Pastor' — nein, er hatte keine Bitte, sondern eine Glocke. ‚Guten Tag, ich bin zufällig in Burgroda und da —' Unsinn. ‚Ich habe gehört, daß Ihr Geläut in Steinsdorf besonders schlecht ist' — geht auch nicht. Da schmeißt er mich raus. Aber so: ‚Guten Tag! Mein Onkel Arcularius —' nein, dann hat der einen Krach mit Arcularius gehabt und pfeift mir was. Wozu die Einleitungen — anklopfen, rein: ‚Tag! Ich habe eine Glocke zu verkaufen.' Wenn der nun zu mir sagt: ‚Danke, mein Herr, ich kaufe keine Glocken' —. Vielleicht sieht er mich noch mitleidig an: ‚Glocken hat man doch gar nicht mehr, junger Mann, das Geläute wird jetzt drahtlos übertragen' — verflucht, dann sag' ich: ‚Herr Pastor, kann auch Ihre Predigt auf Wellen gehen?'

Christoph redete sich in Zorn, daß die Wände widerhallten, und ging dann in die Gießerei. Lieber aufräumen helfen. Er nahm die Schippe in die Hand: „Fein, Zeise, was? So'n glatt gegriffener Stiel aus Eschenholz. Und du machst so und hast genau so viel Dreck auf dem Eisen, wie du willst. Und nun so" — Christoph schippte — „und da liegt er."

„Na", sagte Zeise und sah seine Handflächen an, „ich weeß nich — zwee Blasen hab ich schon von dem scheenen Eschenstiel gekriegt."

„Besser die Blasen auf der Hand als im Kopf", knurrte Christoph.

Aber das Schippen nützte nichts. Er zog seinen guten Anzug an, band einen Kragen um und tat seinen ersten Gang.

Er klopfte an die Tür der Ettersfelder Pfarre. Gut war es Christoph nicht zumute, aber er wurde besser empfangen, als er dachte. Pastor Weiße gab ihm die Hand: „Grüß Gott, Sie Sturm- und Feuerläuter. Ich habe Sie seit Ihrem schönen Nachtgeläute noch nicht gesehen, wollte aber schon immer gratulieren."

Sie unterhielten sich über Orgel- und Glockenmusik. Weiße war ein beweglicher, geistvoller Mann, der viel im Lande reiste und in Versammlungen sprach. Seine unverwüstliche Frische packte die Leute, außerdem war er ein geschickter Verhandler und faßte die Sachen von der praktischen und möglichen Seite. Sein offenes, herzliches Wesen machte es Christoph leicht, mit dem Anliegen herauszurücken.

„Die Glocke ist nicht bestellt?“ fragte Weiße überrascht.

„Ich muß doch erst einmal anfangen, und das kann ich nur mit einer fertigen guten Glocke, nicht mit einem Briefbogen.“

„Das wird bei der heutigen finanziellen Lage der Kirche nicht ganz leicht werden.“ Weiße überlegte: „Wissen Sie was? Nächsten Monat leite ich die große Pastorenkonferenz in Erfurt. Dabei gibt sich die Möglichkeit, Ihre Sache zur Sprache zu bringen.“

Christoph erkannte, daß Weiße wirklich etwas tun würde. Aber als er zu Hause seinen Kragen wieder abband und den feinen Rock auszog, kam ihm das Rechnen: nächsten Monat? Das ist ja März!

Er seufzte — ja, Gerhard Wou, die Gloriosa gießen ist nicht so schwer als die Kunst, sie jemand zu verkaufen. Nach dem März kommt der April — um Gottes Willen: am anderen Tag besprach er die während seiner Abwesenheit nötigen Werkstattarbeiten, zog seinen schönen Anzug wieder an und begab sich auf Reisen.

„Als Türklopfer“, sagte er grimmig.

Zuerst fuhr Christoph nach Burgroda. Den Pastor Dettmann kannte er und wußte, daß die Burgrodaer eine Friedhofskapelle zu bauen planten.

Dettmann saß mit seiner Frau und seinen drei Töchtern beim Nachmittagskaffee. Christoph war sichtlich willkommen. Die Stube war warm geheizt. An den Fenstern hingen dicke Wolldecken. Der Kaffee duftete, der Kanarienvogel sang. Die Pastorin holte Nußlikör, in dessen Bereitung sie weithin berühmt war. Der Ofen summte, die Zigarren glühten. Man sprach vom Lauf der Welt — wo war die Welt, dachte Christoph, war sie noch da? — die jüngste Tochter häkelte, die mittlere strickte, die älteste — ein strahlend blondes Mädchen — schüttete Kohlen in den ungeheuren Kachelofen und klappte den Klavierdeckel auf. Jetzt noch Gesang, und ich samt Glocke bin verloren, dachte Christoph.

Er kniff sich unter dem Tisch mit der rechten Hand in die linke: „Los!"

„Wie interessant!" rief Dettmann. „Eine Glocke. Es-Dur sagten Sie? Ich mag gerade Es-Dur gern. Das hat so was Volles, Offenes, Warmes. Gretchen, schlag doch mal Es-Dur an."

Gretchen schlug Es-Dur an. Der Kanarienvogel zirpte leise dazwischen. Im Ofen rutschten die Kohlen herunter und der rote Glast glühte auf. Es fing an zu dämmern. Gretchen glitt schön modulierend aus Es-Dur nach G-Dur und spielte das träumerische Lied von Peter Cornelius: Nachts bin vom Traum schlaftrunken ich erwacht —

Christoph sah durch halbgeschlossene Augen den Pastor Dettmann im Tabaksnebel, die Pastorin, Gretchen Dettmann — die hatte blonde Haare — war das Haar denn nicht viel, viel blonder? — die Flechte hing locker über's Ohr — ja, Kathrinchen, viel blonder! Was tut sie jetzt? Christoph bewegte sich leise in seinem Schaukelstuhl.

Fahr hin, Glocke vom Dingweg — Christoph versank in den weltabgeschiedenen Traum dieser eingeschneiten Pfarre, in der Cornelius ein Nachtlied spann, dessen Tiefe Christoph austräumte bis auf den Grund.

Als er abends im Zug nach Kranichstedt fuhr, summte er immer die Worte ‚wach bin ich kaum' vor sich hin. Gleich früh wollte er mit seinem Onkel reden — wach war ich kaum, sang es in ihm: solch ein Nest sich bauen in dieser Jammerwelt! Und eine Mauer drum — hoch, höher als die ums Heilige-Geist-Spital, in dem die alten Menschen sich ungestört in die andere Welt hinüberträumen — da nisten Nachtigallen im Sommer — Christoph hörte seinen Onkel mächtig die Stufen hinunterschreiten. Da ging er ganz leise am Studierzimmer vorbei, aus dem Haus hinaus, über den Burgring — die Stadt schlief wohl noch: bin vom Traum schlaftrunken ich erwacht? Er ging in die Badergasse, die ausgetretenen Sandsteinstufen hinauf, die erste Treppe hoch, die zweite — da ist die grüne Tür — wach bin ich kaum: er pochte nicht, er klopfte nicht, fragte nicht — er klinkte sie auf: „Wach bin ich kaum", sagte er halbsingend in die geblümte Stube hinein und hob beide Arme ausgebreitet grüßend hoch.

Kathrine saß am Fenster, hatte auf das Tischchen ihren runden Stehspiegel gestellt und flocht sich die Haare.

Das wurde eine seltsame Unterhaltung.

Christoph kam es gar nicht in den Sinn, daß Kathrine nicht nur geschieden, sondern damit auch wieder ein selbständiger Mensch geworden war. Er schien die Empfindung zu haben, sie sei nun in ihn hineingeschieden worden.

Kathrine konnte nicht böse werden, nicht zornig, sie konnte nicht weinen, sie kam überhaupt zu keiner Äußerung — sie hatte bloß dazusitzen und vollkommen verwirrt diesen Menschen anzusehen, der da am Tische Platz nahm, als ob er hier zu Hause wäre. Er saß ein gut Stück von ihr und fing an, alles Mögliche zu erzählen. Sie erfuhr, was er tun werde und daß der Kachelofen ein ungeheuer großes Gebäude sein müsse. Wenn es dann dämmerig würde, müsse sie Kohlen nachschütten. Dann lohe die Glut schön dunkelrot auf. Er fragte, ob sie Nußschnaps machen könne. Und eine Mauer würde er ums Haus bauen — o eine Mauer! Ein Stück habe er schon: vom Giebel bis zum Trockenschuppen. Er nannte die entsetzte Frau einfach du, wie er sie vor ihrer Heirat genannt hatte — kurz, er nahm an, daß Kathrine sich zu nichts zu äußern brauche — weder zum Nußschnaps, noch zum Kachelofen, noch zum Du und der Mauer ums Nest. Dann erhob er sich — aber von seiner Liebe durchstrahlt, daß diese reine, jungenhafte Wärme und Hilflosigkeit auf das Weib mit den offenen Haarflechten überstrahlte, wie des Cornelius Nachtlied auf ihn. Er ging nicht zu ihr, gab ihr nicht die Hand — Kathrine kam gar nicht in die Lage, ihm etwas zu verbieten oder zu verbittern — „‚Nachts bin vom Traum schlaftrunken ich erwacht', das mußt du singen, Kathrine, dein Vater hat die Corneliuslieder, such dir's, das mußt du mir singen am ersten Abend" — und ging, wie er gekommen war. —

„Wer geht denn da?" fragte Frau Lichtermark ihren Gatten, der eben sein Frühstücksei anknackste.

„Der Briefträger wohl. Sieh mal, Emma, du mußt die Eier immer von der Hackerten nehmen. Die sind halb mal so groß."

Kathrine kam heute etwas später zum Frühstück. Ihre Mutter war schon in der Wirtschaft.

„Na Trinechen?"

„Na Vater?"

„Einigermaßen wohl geruht?"

„Gut, Vater", sagte sie, stand unvermittelt auf und gab ihm einen Kuß.

„Nanu", dachte Lichtermark.

Kathrine war gar nicht so gedrückt bei ihnen angekommen, wie ihre Mutter erwartet hatte. „Sie kriegt nun wieder Luft", sagte Lichtermark zu seiner Frau. „Die jungen Leute heute — hast du schon mal von so'ner kurzen Ehe gehört,

Emma? Sage mal, hat sie mit dir Näheres, so Frauensachen, weißt du, besprochen?"

„Ich erfahre gar nichts."

„Ja, Emma, so ein Kerl, so ein elender, miserabler, gottverdammter —"

„Bitte, Fritz — ja?"

Die geschäftliche Unterredung mit Arcularius nahm den von Christoph erwarteten Verlauf. Als die Sache einen amtlichen Anhauch bekam, setzte der Onkel sein kirchenfürstliches Gesicht auf. Wenn er über Beziehungen nachdachte, verstrickten sich vor seinem Geiste nicht Menschen, Ideen und Taten, sondern ordneten sich Sachen, Befugnisse und Vorschriften. Hinter Christophs Reden hörte Arcularius nicht eine halbverlorene Glocke läuten, er sah bei dem Wort Kirchengeläut nicht Leute aufstehn, nach Hut und Buch greifen und dem Schall der Glocke nachgehen, er ahnte auch nicht, daß Christophs Gelenke knackten von dem Absprung in die selbständige vogelfreie Tat: der hohe Kirchenbeamte sah nur eine überzählige Glocke — aber der gute Arcularius, der er doch war, suchte auch nach einem Haken in seinem Revier, an den er diese Glocke hängen könnte.

Das war viel, denn Arcularius sagte, er sei ein Mensch der strengen Pflicht und tue nichts als seine Pflicht — er trug diesen Zauberspruch auf der nackten Brust wie alle, denen im Leben nie etwas Gefährliches zustößt und die, um sich nicht zu stoßen, auch das Leben nicht stoßen. Arcularius tat jetzt mehr als seine Pflicht. Er schrieb einen Empfehlungsbrief an einen befreundeten höheren Beamten der Kreisverwaltung in Sachen der überzähligen Glocke, welche seiner Schwester Sohn ohne Auftrag in die Welt gesetzt hatte.

Mit diesem wertvollen Schreiben reiste Christoph in die Kreisstadt, gab es auf dem Amt ab und bat um Bescheid, wann er sich melden dürfe.

Schon am anderen Tage wurde er empfangen. Er stellte seine Lage dar, schilderte genau, wie — nach der Schließung der großen Kochgießerei — sein Beruf es mit sich bringe, daß er eine wirkliche Glocke herausstellen müsse, um einen Anfang zu finden. Heute dürfe er sagen, daß die neue Anstalt wertvolle Arbeit zu leisten fähig sei. Freilich wären die Glocke und die Gießerei nun auch sein ganzer Besitz. Man möge ihm die Glocke abkaufen, damit er die nächste beginnen und weiterkommen könne.

„Und die nächste Glocke?" fragte ihn der höhere Beamte und sah ihn aus sehr gescheiten Augen lächelnd an.

„Wenn nur die erste läutet, so kennt man meine Leistung. Dann darf ich auf weitere Arbeit hoffen."

„Sie hoffen das, Herr Mahr. Auch meine aufrichtige Hoffnung wird Ihr ferneres Wirken teilnehmend begleiten. Aber Sie müssen in Erwägung ziehen, daß ein Amt — und ich verkörpere ein Amt — nicht finanzielle Maßnahmen verantworten kann, die sich auf eine subjektive Hoffnung gründen."

„Es handelt sich ja nicht um eine Geldzuwendung, sondern um einen Kauf. Für den Geldwert gebe ich die Glocke."

„Bei größter Anerkennung Ihrer von so maßgebender Seite" — er wies auf Arcularius' Brief, den er in der Hand hielt — „Ihrer von so hoch zu bewertender Seite befürworteten Leistung, muß eingewandt werden, daß eine Glocke — wie soll ich sagen — nicht eine Lebensnotwendigkeit ist. Kein Luxusgegenstand, beileibe will ich das nicht angedeutet haben — aber treten Sie ans Fenster, Herr Mahr"

— er ging zum Fenster, auch Christoph stand auf — „sehen Sie das Volk. Dort unten ist Markt. Diese alte Frau kauft für drei Pfennige Wurzeln. Die junge Mutter dort mit ihrem Kind im Umschlagtuch möchte den größeren der beiden Fische nehmen. Sehn Sie es? Ihr Geld aber reicht nur für den kleineren. Da bezahlt sie ihn. Er kostet vielleicht zweiundzwanzig Pfennige. Und der Arbeitslose an der Brotbude vertreibt sich die nutzlose Zeit mit dem Zählen der Brote. Fragen Sie ihn, ob er heute schon Brot im Magen hat. Wahrscheinlich hat er nur kalte Kartoffeln gegessen. Verehrter Herr Mahr: das Volk hungert. Die Masse blickt auf dieses Fenster, an dem ich stehe — ich soll geben, helfen, satt machen. Verstehen Sie mich: wie vermöchte ich es vor Gott und denen da unten zu verantworten, wenn ich so viel Steuergeld ausgäbe für einen Gegenstand, der nicht satt macht, keinen Durst löscht, keine Arbeit bringt?"

Bin ich denn nicht auch Volk, dachte Christoph auf der Treppe. Muß ich erst aufhören zu schaffen, damit die hier oben mir Brot geben können? Oder ist ein kostbarer Gegenstand nichts wert, weil er zu viel wert ist, und muß ich Hunger haben, weil ich zu Wertvolles in Deutschland wirke?

Er zählte an den Fingern nach: das war der Vierte.

Der Türklopfer pochte jetzt in Steinsdorf an. Dieses arme entlegene Dorf besaß gar keine Glocke. Ein Landstraßenbau brachte neuerdings eine Menge Menschen und allerlei Arbeit ins Dorf.

Der Pastor Brant, ein hagerer Mann in den vierziger Jahren, hörte Christoph sorgfältig zu und sah ihn aus großen suchenden Augen ermunternd an. Er zog unzählige

Falten in die Stirn, stand öfter ohne äußeren Grund auf und lief im Studierzimmer herum.

„So steht es um die Glocke", schloß Christoph seine Darlegung.

Brant fuhr sich über die Haare, über das Kinn. Dann faßte er Christoph lebhaft am Arm: „Um die Glocke. Und wie steht es um Sie, Herr Mahr?"

Christoph gab ihm ein wahrheitsgemäßes Bild seiner Lage. Während er sprach, knöpfte Brant ein paar Knöpfe seines Lutherrockes auf und knöpfte sie erregt wieder zu.

Der geht mit, dachte Christoph und erzählte wärmer als sonst. Es begann ein Mensch nach seinem Nächsten zu tasten. Brant hob ruckartig den Kopf hoch, starrte auf einen Wasserflecken an seiner Stubendecke und ging schließlich in der Stube herum, daß der Rock flog.

„Sie gehen Ihre eigenen Wege. Das ist an sich eine Tat, denn Gott hat Ihre Seele geschaffen, wie Ihre Seele ist. Wenn Sie sich erfüllen, erfüllen Sie Gottes Willen, und was hülfe es dem Menschen, wenn er die ganze Welt gewönne und nähme doch Schaden an seiner Seele."

Diese Sätze sprach er laut im Predigerton. Vergißt er etwa über mir meine Glocke? dachte Christoph. Aber diesen Pastor in seinem Steinsdorf zu sehen, war eine Stärkung für ihn, den Glockengießer von Ettersfelde. Brant war ein Soldat im Reiche Gottes auf Erden, frei von Menschenfurcht und ununterwerfbar für Menschendruck. Er vergaß Weib, Kind, Acker, Vieh, Geld, Gut und alles, was die Lebensableber für den Wert des Lebens erklärt haben, über seiner deutschen Sendung in der Welt. Er wußte, daß Gott Aufgaben gestellt hat, die nur die deutsche Menschenart erfüllen kann, und war sich klar, daß Deutsche ihn dafür peinigen würden bis auf sein Blut, und bestand auf dem Evangelium, daß Blut nur der Fluß ist, der ihn aus dem Übergang in die Ewigkeit schwemmt.

Brant sprach vom Gleichnishaften der Arbeit in der Welt. Christoph folgte seinen Gedanken, aber er mußte mit einemmal denken, was Zeise sagen würde, wenn er ihm nächsten Sonnabend statt des Lohnes das Gleichnis vom verlorenen Sohn darbieten würde.

Von dieser Höhe mußte das Gespräch herunter! Und nun kam Christoph auf jenen Fisch des höheren Beamten zu sprechen, auf die vollen Brotbuden der Märkte und die leeren Magen der Arbeitsarmen. Der Steinsdorfer Seelsorger stand plötzlich an Christophs Stelle am Ministerfenster und hörte eine Glocke läuten: sie, die Glocke sei das Ergebnis des Aushaltens im Graben, und wenn sie keiner kaufe, ging der Graben verloren an den Widersacher.

„Ach so", sagte Brant und arbeitete mit Augen, Stirne, Mund, Händen und Beinen an seiner Antwort. „Das kann ich sagen, lieber Herr Mahr, wenn ich eine Glocke anschaffe, dann kaufe ich sie bei Ihnen. Jetzt habe ich keinen Groschen übrig."

„Übrig! Immer übrig — wenn sich's um meine Arbeit handelt", murmelte Christoph.

„Vergessen Sie nicht, daß die Kirche die Seelen gewinnt, indem sie die Leiber sichert. An dieser ihrer Aufgabe sitzt ihre verwundbare Stelle. Sie ist eben ein Zwischenreich. Ein solches Reich schreitet nicht vorwärts, weil es den Druck von drüben oder von hüben bekommt, sondern es liegt fest unter dem Druck von diesseits und jenseits zugleich. Die Leiber! Haben Sie die Kinder auf der Steinsdorfer Straße beobachtet? Tun Sie es noch. Mir zuliebe, damit Sie mich verstehen. Steinsdorf ist eine arme Gemeinde. Jetzt mag es besser werden, und die Kinder mögen besser geraten. Die Geburten der letzten zehn, fünfzehn Jahre sind belastet, die Kinder mangelhaft gesonnt und schlecht gezogen. Die Zukunft des Reiches steht auf der Gewinnung eines widerstandsfähigen Geschlechts. Ich habe an die Kinder zu denken. Das Nähren, Sonnen, Wandern, Erziehen kostet Geld und nocheinmal Geld."

Brant und Christoph hatten lange gesprochen. Als der Glockengießer endlich auf abkürzenden Feldwegen zur Bahnstation lief, um den letzten Zug zu erreichen, kam er außer Atem.

„Na ja", seufzte er beim Einsteigen und schnappte nach Luft, „ich werde alt. Denn Pastor Brant treibt Jugendpflege, und mich hat er nicht hineingerechnet."

16

Nach diesem seinem fünften Streich steckte Christoph den Säbel in die Scheide und wechselte die Waffen. Jetzt wollte er mit Pfeilen schießen, aus der Ferne wirken: er wollte Briefe schreiben.

Ein Brief kann treffen — fest sitzt er nur, wenn er Widerhaken hat. Christoph beschloß, seine Briefe mit einem Gutachten zu versehen. Er fuhr also nach Kranichstedt, ging zu Meister Koch und lud auf dem Grammensand die fünf Antworten der ersten fünf Glockengewalthaber ab.

„Der erste war ein Weltgeistlicher und hat gesagt: wir werden eine Konferenz damit befassen. Der zweite, ein Hausvater und Musikant, hörte nur mein Es-Dur läuten, nicht aber meine letzten Groschen im Beutel. Der Dritte sitzt im Kirchenregiment und hat meine Glocke auf das zuständige Geleis geschoben. Der vierte endlich ist der verordnete Weichensteller und hat gelernt, daß Dampf und Brotkorn das Volk bewegt, aber nicht eine Glocke, und er hat der fahrplanmäßigen Bewegung zu dienen. Der fünfte ist Seelsorger, wohnt auf steinigtem Boden und braucht seine Groschen für die Jugend, zu der er mich nicht rechnet."

Hinter dem Vater Koch tickte die alte Uhr an der Wand, wie sie seit drei Generationen die Zeit zuverlässig und pünktlich abgetickt hat. Heute brütete nicht die Sonne auf dem flachen Dach, wie an dem Tag, der Herrn Schweflin aus Lenne zu Besuch gebracht hatte. Kochs guter Ofen wärmte heute Leib und Seele.

Andreas Koch faltete gedankenvoll die Zeitung zu einem kleinen Päckchen zusammen. Dann sagte er: „Briefschreiben nützt. Jedenfalls werden Sie bekannt. Liegen Sie den Leuten nur in den Ohren. Ich in meinen alten Tagen fange nicht wieder an. Wegen des Gutachtens müssen Sie sich an Lichtermark wenden. Was der schreibt, zieht. Aber eins muß ich Ihnen sagen, Mahr. Sie rechnen mit zu kurzen Zeitabläufen. Lügt euch nichts vor. Unsere Sache kostet Menschen. Da hilft alles nichts. Macht euch bereit. Sehn Sie, Christoph, wenn Sie hingehen und sagen: helft mir, und Sie werden gefragt: wieviel stehn denn hinter dir? — so suchen Sie sich gleich einen anderen Weg. In einem mäßig großen Lande gibt es ein paar Gießereien: auf denen aber steht das Leben und die Zukunft der deutschen Erzkunst. Wo wollen Sie die fünfhundert oder die fünftausend hernehmen, um Ihrer Bitte um Hilfe die öffentliche Wucht zu geben? Ja, Firmen finden Sie schon in den Adreßbüchern. Aber die Wenigen, auf die es ankommt, verschwinden sogar in Zeiten des Überflusses leicht und werden fortgespült. Wenn seinerzeit Not am Mann gewesen wäre, und man hätte dem einen Peter Vischer ans Ufer geholfen, so würde die deutsche Erzkunst weiter gelebt haben. Oder dem einen Gerhard de Wou. Wenigen kann geholfen werden. In Sachen, deren Bedeutung und Wesen bei den Wenigen liegt, braucht auch nur Wenigen geholfen werden. Soweit ist alles klar. Aber, mein Sohn, in der Dunkelheit erkennst du diese Wenigen schwer."

„Dann müssen sich eben nur die Besten zusammenschließen", sagte Christoph.

„Und wer sondert die aus, Christoph Mahr? Das deutsche Handwerk heute ist nicht einfach die Summe der Handwerker. Die unhandwerkliche Zeit hat viele verderben lassen. Wer dem Handwerk helfen will — Sie haben natürlich recht mit Ihren Besten — der muß den guten Handwerkern helfen. Die, und die allein, können die wunden Stellen ausheilen. Um die herauszufinden, muß man aber den sechsten Sinn für das Handwerken haben — ganz gleich, um was für ein Werken es sich handelt. Es gibt einen Sinn in den Händen, der das spürt von der Schuster- bis zur Erzwerkstatt. Wer sind diese Herausfinder? Die Öffentlichkeit etwa, die selber unhandwerklich geworden ist? Wir wollen uns nichts vormachen. Wenn die großen Spürer und Herausfinder nicht gefunden werden, müssen wir von ganz unten anfangen. Bei denen, die Ihr Steinsfelder Pastor meint. Und das gibt einen langen Weg."

Koch stützte seinen Kopf in die Hand und fügte leise für sich hinzu: „Und dabei einen unnütz langen."

„Nummer sieben", sagte Christoph und klopfte an Lichtermarks Arbeitsstube.

„Willkommen, Mahr! Der neue Glockengießer!" rief der Professor und schüttelte ihm beide Hände.

Christoph erzählte sein Anliegen.

„Ja, denn müssen wir wohl."

„Ich habe kein Geld, Herr Professor."

„Ich auch nicht. Aber das richte ich schon ein. Nach Ettersfelde komm' ich! Wir müssen uns doch die jüngste Glockengießerei im Reich und ihre erste Glocke ansehen."

Christoph bedankte sich und fragte, wie es ihm ginge.

„Wie immer. Hier zieht's ein bißchen, da reißt's —

aber grade nur soviel, daß man die guten Stunden würdigen lernt."

„Und Ihrer lieben Familie?"

„Nu, meine Frau ist gut bei Weg. Nee, danke. Da ist nichts zu klagen."

Für sich sagte Christoph: das hilft dir nichts, so kommst du mir nicht davon. Laut sprach er: „Und wie geht's der Kathrine?"

„Ach Christoph, Sie wissen ja. Fragt mich doch nicht immer. Auf so was muß ein Verband. Ruhe. Zeit, Mahr. Nicht alle Nasen lang hochheben und drunter gucken. Wie's geht? Ja, wie's geht ... Schafskopp, so."

Lichtermark setzte sich an seinen schönen Blüthnerflügel und begann das fünfzehnte Präludium in G-Dur aus Bachs Wohltemperiertem zu spielen.

„Dann geht's ihr gut", sagte Christoph leise.

Der Alte hatte es gehört und beugte sich, wie er manchmal beim Auswendigspielen tat, tief auf die Tasten, legte sich dann weit zurück und sah lächelnd und unverwandt in die Höhe. Er nahm die Tonstärken unvorschriftsmäßig, viel zu leise — als wollte er die Antwort auf Christophs Frage nur sich selber geben. Aber perlenklar stellte er Akkord neben Akkord und baute — nicht crescendo, sondern ganz falsch immer leiser werdend — bis in den gewaltigen Schluß hinauf.

Lichtermark hielt noch die Finger über den Tasten und ein Hauch seines Bachischen G-Dur schwebte in der Luft, als oben, in der Wohnstube, ein neues G-Dur einsetzte, wie die Antwort auf die Antwort: es klang etwas spieluhrhaft und kindlich, was da auf dem alten, klimperigen Übungsklavier gespielt wurde, aber der Alte und der Junge kannten die

Melodie dazu: Nachts bin vom Traum schlaftrunken ich erwacht.

Lichtermark horchte und schüttelte dann den Kopf: „Sehn Sie mal, Mahr, Cornelius geht sogar auf Bach. Wie gut das doch ist. Aber die Trine spielt auf dem alten Kasten — nee, Mahr, so kinderliedhaft muß man das nicht spielen. Finden Sie nicht auch?"

Da er keine Antwort bekam, drehte er sich um und war sehr erstaunt: Christoph war verschwunden. Spurlos — er war wieder einmal weg.

„Die jungen Leute heute", murmelte Lichtermark und setzte sich an seine Schreiberei.

Auf die Gefahr, Frau Professor Lichtermark in die Hände zu fallen, war Christoph in das Wohnzimmer hinauf gegangen. Kathrine war allein und sah ihn eintreten. Nur der Akkord, den sie eben anschlug, geriet ein bißchen arpeggio, sonst merkte Christoph ihr nichts an. Sie spielte ruhig zu Ende, stand auf, aber ehe sie reden konnte, sagte Christoph: „Die Eltern werden sich freuen und so weiter — nein, Kathrine. Du hast mir guten Tag gespielt, und ich will nun dankeschön sagen."

„Herr Mahr —"

Christoph lachte und nahm ihre beiden Hände. Kathrinchens Hände zuckten in seinen, aber Christoph hielt fest.

„Sie sind ein merkwürdiger Besucher. Einmal am Abend und von Regen triefend. Dann vorm ersten Frühstück —"

„Aber jetzt, jetzt komm' ich gerade recht. Von dem Lied kannst du mir nichts mehr abhandeln."

Kathrine schwankte immer noch, ob sie Christoph als Besuch nehmen sollte. Sie bot ihm aber keinen Platz an und setzte sich halb auf die Lehne des Polstersessels.

Christoph hielt es für angemessen, sich nun in den Sessel zu setzen und Kathrine festzuhalten.

„So nicht, Christoph" — sie riß sich los — „es ist nicht wie früher."

„Nein. Gott sei Dank. Denn jetzt wirst du von mir geheiratet."

„Was willst du noch mit mir" — das Wort war ihr sauer geworden. Sie lächelte, aber ihre Augen schwammen.

„Eine Mauer bauen, Kathrine, und wachen und schlafen hinter ihr in unseren Eltern."

Aber jetzt hielt die Kathrine den Christoph Mahr im Wirklichen fest: „Mit einer Frau, die einen Mann gehabt hat?"

„Das ist vorbei."

„Das ist nie vorbei. Frag die Leute."

„Frag sie nicht, und alles kann vorbei werden. Frage die Leute nach dem Glockengießer Christoph Mahr — o weh, Kathrine."

Sie mußte lächeln.

„Siehst du", sagte Christoph, „mir hockt eine Glocke im Nacken, und das kommt sogar dir lächerlich vor."

„Christoph — eine Glocke! Beklage dich nicht. Was wiegt eine Glocke gegen das, was ich mitschleppe!"

Christoph zuckte zusammen — was schleppt sie? Das Geschwätz um den Erfurter, um ihre geschiedene Ehe, oder den Erfurter selbst — ein Kind?

Um die Frage war er seit dem nichtgetanen Hammerschlag in der Kochgießerei, in der Nacht als sie Hochzeit machte in Kranichstedt, herumgegangen. Er hatte sich mit Gewalt das frühere Kathrinchen eingebildet und zuletzt auf die Mahrsche Weise seine Sorge mit einer träumerischen Melodie ‚Wach bin ich kaum' fortgelogen.

Jetzt stand die Frage da und mußte ausgefragt werden. Kathrine hatte wohl gedacht, es sei besser so — der Mensch kann nicht immer einfach seiner Wege gehen. Sie sah, wie er den Kopf hängen ließ, und dachte an seine Bleibilder auf dem Himmelsrichtungstisch im Pastorgarten: die ungerechte Sonne beschien am längsten und liebsten das Weib im Süden. Christoph hatte gewiß nicht verstanden, was er da meißelte. Eva verstand es wohl: sie hatte immer noch sich, und sie sah ja, wie viel das sein mußte. Es wurde ihr nach den langen frostigen Monaten zum ersten Male wieder warm ums Herz, als sie sagen konnte: „Nein Christoph, ich bin ledig und los und nichts als nur ich."

„Ganz los? Du kommst allein in die Ettern? Bloß du?!"

„Bloß ich, Christoph. Aber nicht in die Ettern."

„In die Ettern, Kathrine!" schrie Christoph und merkte wieder nicht, daß er in einer aufgeräumten, staubgewischten, guten Kleinstadtstube stand. „Meine Glocken und du!"

„Du bist töricht, Christoph. Du schreist meine Mutter herein. Dann weißt du gleich, daß es keine Ettern gibt in der Welt."

„Ich baue sie uns."

„Die Leute kommen doch."

„Aber sie müssen klopfen. Und wenn sie klopfen, geh' ich an die Tür."

„Und machst auf, und sie werden sich zwischen uns hineinreden nach ihrer Art. Sie haben es leicht gegen mich."

„Du!" — Kathrine dachte, er wollte sie an der Brust packen wie einen Mann — „was von draußen an dich will, das muß durch mich." Er hatte jetzt schroff, eigentlich roh gesprochen. Aber Kathrine fühlte die Reife in seinen Worten. Sie blickte ihm voll und forschend mitten in die Augen.

Christoph nickte nur.

Da senkte sie ein klein wenig den Kopf und blieb ganz still.

Das war ihr Verlöbnis.

Weder der ungeschickte Stoffel noch die arme Kathrine konnten das Verloben zustande bringen, wie es unter gefühlvollen und gebildeten Menschen Brauch ist. Sie gaben sich nicht einmal die Hand. Sie hatten gemerkt, daß keiner von den Ringen und den Sprüchen, die im Umlauf sind, zuverlässig halten. So versuchten sie es mit keiner Art.

Zudem mußte jeder von ihnen vor weiteren Reden und Umständen mit sich fertig werden: der Glockengießer war in seinem Fach noch zu wenig Mann, und Kathrine war in ihrem Fach als Frau zu viel.

Jeder von ihnen stand noch auf seiner Stelle, aufrecht, steif, unsicher — Lichtermark hätte jetzt wieder gesagt: die jungen Leute heute. Und er hätte wieder unrecht gehabt. Christoph suchte die Türklinke hinter sich: „Also es ist bloß ein Umweg in die Eltern gewesen, Kathrine."

Was ist aus dem Jungen geworden? dachte Kathrine bei sich. Dem Jungen, hatte sie gedacht und sah ihn darauf noch einmal richtig an. Es geht nicht immer glatt, wenn zwei schon als Kinder zusammen gespielt haben. Der eine sieht dann leicht im anderen immer das Kind, dem man beispringen muß. Christoph fühlte den untersuchenden Blick, ging zu ihr hin und zog ihr die dicken blonden Flechten straff um den Kopf. Das sollte wohl ein Liebkosen bedeuten.

„Umweg hast du gesagt, Christoph? Sag Nachhauseweg. Wer zu lange bei den Alten im Warmen gesessen hat, sieht die Welt unversehens mit alten Augen an. Der wird dann zu spät jung."

Christoph lachte: „Zu spät! Es ist März, Kathrine."

„Das weiß ich besser. Du bist früh aus dem Haus gekommen, und das war gut für dich. Ich habe alles sicher und satt um mich herum gesehen und gedacht, sicher und satt muß sein. Die Alten haben eine polierte Welt gehabt, auf der man jeden Kratzer sah."

„Unsre ist splitterig."

„Es scheint so, Christoph."

Er reckte die Arme: „Wir legen Heu drauf. Das riecht besser als Samt und Roßhaar, und die Motten kommen nicht hinein. Leb wohl, Kathrine. Ich komme bald wieder."

17

„Was soll denn das, Zeise!" rief Christoph.

„Ziegelschteene, Mahr. Eemal hat's Reenemachen doch ä Ende. M'r kann Brot schneiden uff'm Fußboden, so blank is'r."

„Aber Menschenskind, ich habe doch kein Geld zu sowas."

„Für'sch Essen arbeet'ch. Bis'n Ufftrag kommt. Draußen kriegt'ch ooch nicht mehr. Mit den Schteen'n kann die Wand im Trockenhaus gezogen wär'n. Das is zu kalt im Winter."

Rulle strich Lehm in die Formen und kümmerte sich überhaupt nicht um das Gespräch. Das war nun einmal so in dieser verrückten Ziegelei: von Zeit zu Zeit tat der neue Zieglermeister ein Wunder, schmolz Erz, wie andre Talg schmelzen, und brachte eine Glocke an den Tag. Dann war alles wieder gut, und es wurden Ziegel gestrichen, getrocknet und gebrannt, wie sich's gehörte. Jetzt war Ziegelzeit — kwatsch, schmiß er eine Karre Lehm hin, daß Christoph bei Seite springen mußte.

Dreck konnte Christoph jetzt nicht gebrauchen. Der betrieb ein sauberes Handwerk: er schrieb. Schrieb und schrieb und schrieb.

Rulle hatte schon die zweite Flasche Tinte aus dem Schenkenladen holen müssen.

„Ihr sauft se wohl?!" hatte ihm Schenkenbrott ins Ohr geschrien.

„Nä. Mir nich."

Rulle hatte die Wahrheit gesagt: sie am Dingweg oben nahmen die Tinte nicht zu sich, sondern schickten sie in kleinen Portionen anderen Leuten, die sie nun zu verdauen hatten — Christoph schrieb Briefe.

Die Folge seiner Maßlosigkeit war, daß er ebensoviel Briefe wiederbekam. Das ist der Fluch der Tinte — öffnet man so eine Flasche, verbraucht sie und denkt beim letzten Tropfen: so, die ist fort — lehnt sich zurück, reckt sich und macht ahhh, so bemerkt man am anderen Morgen um acht, daß die Tinte wieder zurückkommt. Aber nicht schwarz, ehrlich und lieblich, wie man sie aus dem Hause tat, sondern gewürzt mit Niedertracht, Ratschlägen, Gemeinheiten, Liebe, Schwindel und Neugierde.

So etwas hatte der Briefträger von Ettersfelde noch nicht erlebt!

Früher, zu Zeiten Pfannerts, kam alle Monate ein Brief, und den klemmte er in einen Fensterspalt. In der ersten Mahrzeit blieb das bei dem. Aber jetzt — jetzt kamen die Briefe stoßweise. Es kamen auch Eilbriefe, eingeschriebene Briefe, Geschäftspapiere, Drucksachen, Eildrucksachen, Wertdrucksachen — Ettersfelde wurde jeglicher Art des Postverkehrs erschlossen. In Fensterlücken war das nicht mehr unterzubringen. Der Bote mußte klingeln und warten bis Rulle kam, den Lehm von seinen Fingern an die Schürze geschmiert hatte und den Posthaufen in Empfang nahm.

Der April zog ein. Die Wintersaaten glänzten hellgrün in der Sonne und in Regenschauern. Christoph schrieb, las, schrieb.

Die Ettersfelder bekamen ein Grauen vor dem tausendfältigen, geheimnisvollen Verkehr. Was auf Postkarten einlief und abging, lasen sie ja sorgfältig mit. Aber der entwendete Inhalt der nicht an sie gerichteten Karten verwirrte sie immer mehr. Ein rechtes Bild von der unheimlichen Bewegung der Geister um den Dingweg herum konnten sie nicht gewinnen.

Nur Christoph gewann mit der Zeit ein recht klares Bild: die Sache seiner Glocke stand trostlos. Lichtermark hatte die Glocke geprüft und ein glänzendes Gutachten geschrieben. Die Leute freuten sich, so Angenehmes zu hören. Nie hat ein Mensch so viel Anerkennung, Hochschätzung und Aufmunterung schriftlich zugestellt bekommen wie der Ettersfelder Glockengießer Mahr. Aber die Glocke blieb hängen mit ihrem Spruch: ich schlag, hör zu, das ist die Zeit — sie schlug nicht. Es war wohl noch nicht Zeit.

Christoph drückten schwere Sorgen. Sogar Zeise fing an, den Kopf zu schütteln. Nur Rulle wußte nichts, war verdrossen glücklich und schmierte seinen Dreck.

Außer Rulle war nur noch ein Mensch ruhig, nicht glücklich, aber gelassen und still — das war Frau Lina Mahr. Diese Frau hatte die Glocke ihres Sohnes läuten hören, sie hatte *seine* Glocke gesehen, befühlt: es ist gut, dachte sie. Das Leben hatte ihr das Warten beigebracht. Der liebe Gott braucht Glocken, ihr Sohn konnte Glocken machen — eines Tages bewegt der heilige Geist selber das Werk. So ist die Welt geordnet. Sie wußte es.

Diese Frau war herrlich, und ohne daß Christoph, sie selbst oder ein anderer es merkte, wurden ihr Glaube und ihre Ruhe — wie schwer hatte sie Glauben und Ruhen erwerben müssen — der wahre Mittelpunkt des neuen Lebens im Mahrhaus. Dabei tat sie nichts anderes als Essenkochen, Essen auftragen und zwischen den beiden Jungens am Tisch sitzen.

Ohne Wissen und Wollen hielt sie doch zusammen, was ihrem Christoph im Kampfe von Mittag zu Mittag in Splitter und Fetzen zerhauen wurde, indem sie da war, freundlich blieb und in ihrer kleinen alten Person und in ihrer Hausarbeit das unerschütterliche Gesetz des Wirklichen verkörperte. Das kann nur eine Frau: nicht die verfahrenen, verwickelten und verrauften Männer hielten Gott sein altes verfahrenes, verwickeltes und verrauftes Deutschland über Wasser, sondern die unbekannte Frau tat das. Und daß sie diese Leistung zuwege brachte ohne Aufwand, ohne Ansprachen und ohne Paukenschlag — nur, indem sie die angeblichen Nichtigkeiten des angeblichen Alltags ruhevoll freundlich bewegte und in Gang hielt — aber so gewiß in Gang, wie Tag und Nacht und wieder Tag und Nacht kommen, das ist so gewaltig unwirklich, daß sich kein anderes Denkmal und Wahrzeichen dafür hat finden lassen in all den unzählbar vielen verflossenen Tagen und Nächten als das Wort Frau.

Christoph war bei seiner Mutter gewesen, ging aber nicht gradewegs zum Dingweg hinauf. Der Feldmesser war nach Ettersfelde gekommen und nahm das Gelände am Lehnplan auf, einem weiten Wiesenhang zwischen den letzten Dorfhäusern und dem Waldrand.

„Grade wollt'ch zu Ihnen", rief der Bauer Kühnel aus der Seitenstraße und kam auf Christoph zugelaufen.

„Tag, Herr Kühnel."

„Na, ham meine Füchse gezogen? 's letzte Mal och?"

Christoph lobte die Pferde und bedankte sich.

„Nee, deswegen sag'chs nich. Ich wollte nämlich och was von Ihnen d'rvor. Sähn Se, 's kost't mich zuviel Geld. Ich baue doch mein' Kuhstall, nich wahr. Un nu hat de Ziegelei in Hopfbach zu un de Ziegelei in Ottfelde och, un nu muß'ch wegen jeder Fuhre Schteene nach Atzmannsdorf. Das is doch beinah in Erfurt. Ich weeß je, daß Se was Besseres als Backschteene machen, aber for sich ham Se doch ooch Schteene gebrannt. Könn' Se mir'n nich ooch die paar Fuhrn brenn'n? So dreie un äne halbe? Was der Backschteen heite kost't, zahl'ch."

„Aber gerne, Herr Kühnel. Eh' ich die neue Glocke anfange, hat's so viel Zeit. Das mach' ich."

„Aber ooch glei'?"

„Gleich. Gewiß. Wenn ich nachher in die Gießerei komme, sage ich's. Eine Fuhre glaube ich, liegt überhaupt noch da. Ich will selber eine Wand bauen. Die hat Zeit. Die Steine können Sie kriegen."

„Nu, das is aber recht freindlich von Ihnen, Herr Mahr. Un wenn Se de Füchse brauchen — ich heeße Kühnel. Wo wolln Se'n hin?"

„Zur Lehmwiese 'naus. Da soll ja wohl die neue Siedlung hinkommen. Ich will mal hören, ob der Feldmesser Genaues weiß."

Im stillen dachte er, daß nun vielleicht auch eine Kapelle gebaut würde. Da wollte er wegen seiner Glocke beizeiten Fühlung nehmen.

„Ich will ooch hin", sagte Kühnel. Und Kühnel dachte im stillen: wenn ich sie überreden kann, daß sie ein bißchen weiter drüben nach der Mühle zu siedeln, könnte ich ihnen vielleicht meine Wiese verkaufen.

Die Wiese war naß. Er hatte sie schon lange loswerden wollen.

Um den Feldmesser hatte sich schon eine ganze Anzahl Ettersfelder versammelt. Kruspe war da — gewissermaßen amtlich: sein Totengräberbewußtsein trieb ihn überall dorthin, wo sich Menschen versammelten und etwas ins Leben rufen wollten.

Auch der Lehrer Kramer war unter den Zuschauern. Die Männer begrüßten sich und stellten die Tageszeit für heute und das Wetter für morgen fest.

„Die Siedlung kommt an die Lehnwiese?“ fragte Kramer.

Der Feldmesser nickte.

„Merkwürdig, Herr Mahr. Alles kommt wieder zurück und an seinen Ort und wird lebendig, wenn die Zeit gekommen ist.“

Bloß ich nicht, dachte Christoph.

„Sehn Sie“, sprach Kramer weiter, „Disteln, Hundskamille, Eisenkraut, Schafgarbe — sogar zwischen die Waldbäume hinein wachsen sie.“

„Schlechtes Futter“ — Kühnel schüttelte den Kopf über diese Flora.

„Aber sie gehören gar nicht an diesen Standort“, erläuterte Kramer.

„Nee“, sagte Kruspe.

„Ihre Anwesenheit besagt, daß an dieser Stelle einmal menschliche Wohnungen gestanden haben. Vor langen Zeiten. Kein Stein ist mehr da. Aber die Schuttpflanzen haben sich gehalten.“

„Was'ä“ fragte Kruspe.

„Schutt-Pflanzen.“

„Schutt. Jawoll. Schutt is gut.“

„Das kann sin“, sagte Kühnel. „Was mei' Großvater is, der hat erzählt, daß hier ä Dorf gelä'n hätte. Und in äner Pestzeit wärsch's 'ne Wüstung geworn. Un dann hätten se's dorthin gebaut. Aber 's hat's em keener gegloobt.“

„Er hat recht gehabt“, sagte Kramer.

Kruspe aber sprach: „Recht. Uff was is'n nu eechentlich noch Verlaß. Begra'm nützt reene garnischt. M'r gibt sich Mühe. Orntlich ee Meter fufzch tief. Un alles schteht wieder uff."

Der Feldmesser drehte sich um und besah Kruspe. Der Totengräber gefiel ihm. Er lachte: „Wenn's Zeit is, Meister Grabscheit! Un die neue Zeit is da!"

„Dann hängt eine Glocke in die Zeit und läutet sie, daß es jeder weiß", sagte Christoph und setzte leise hinzu: „Ich lese's bloß immer. Mich hat die Zeit noch nicht gewollt."

„Aber baut mehr dahin!" rief Kühnel und zeigte nach seiner Wiese.

„Zu offen dort und kein Windschutz", sagte der Feldmesser.

„Aber scheene glatt is der Boden", rief Kühnel wieder.

„Un hibsch naß", sagte ihm Kruspe ins Ohr, „da schteigt 's Wasser in de Keller un 's wärd Schwamm in'n Haus."

Auf dem Wege in die Gießerei überkam Christoph die Verzweiflung: „Kathrine! Was soll ich nun noch tun! Ich habe fast kein Geld mehr, und niemand will meine Glocke. Eine gute Es-Glocke. Zu meiner Mutter gehen und sagen: das Geld ist verbraucht, nun gib mir den Rest? Da ist der letzte Groschen, sagt sie und gibt ihn mir — lieber verrecken."

In böser Laune kam er in die Gießerei. „Dieser verdammte Lehm überall. Haltet doch mehr Ordnung, Rulle!" Er hatte schreien müssen, damit ihn Rulle verstand. Zeise sah aus der Tür, was es gäbe.

„Zeise, wir bauen die Wand jetzt nicht."

„Denn nich."

„Zählen Sie die Steine ab. Kühnel kriegt sie."

„Kühnel?! Un mir?"

„Und dann brennt noch drei Fuhren."

„'s is je kee Holz da. Kies ooch nich mehr."

„Bestelln Sie's, Zeise. Kühnel bezahlt die Steine. Es ist aber eilig."

Christoph machte ein gleichgültiges Gesicht und ging ins Haus. Zeise hielt mit Rulle Rat. „Drei Fuhrn? M'r ham doch kee richt'ges Trockenhaus mehr." So ging es nicht.

Christoph hatte sich um nichts gekümmert und war in die Eckstube gegangen. Er hätte ebensogut zu Bett gehen können: „Kein Holz haben die? Den Zeichentisch sollen sie in den Brennofen schmeißen." Aber das hatte der Zeichentisch nicht verdient. Ein Brief lag auf ihm, und der trug Kathrines Handschrift. Christoph riß eilig den Umschlag auf. Da kam Zeise herein: „Aber wo solln mer'n die Last Schteene trocknen! 's Dach uff'm großen Schuppen is durch, un am kleen'n ham mer doch de Zuglöcher zugemauert."

Christoph fing an zu lesen: „Macht sie wieder auf."

„Was?! Wo mir'n äm noch verkleenern wollten, weil er schon so in'n Winter zu kalt is? Wo ziseliern m'rn dann?"

„Natürlich, Zeise. Ist richtig. Machen sie's so. Schlagen Sie die Backsteine wieder raus aus den Zuglöchern" — Christoph las weiter.

Zeise ging. „Der hört je gar nich druff, was mer'n sagt. Nu scheen. Raus d'rmit — de Rulles schla'n mer wieder raus!" schrie er Rulle ins Ohr.

„De Füllschteene wohl?"

„Raus d'rmit!"

„War ooch schade um den scheenen Schuppen."

Christoph sah nicht nach, was die beiden unternahmen. Er las. In dem Briefe stand:

„Vater sagt, Du hättest Not, die Glocke zu verkaufen. Christoph, wenn die Leute ohne Deine Glocke leben wollen, so denke, wer alles mit Dir leben will. Wenn sie das Gute nicht von Dir nehmen, so sieh nach, was sie brauchen und gib ihnen das. Es ist alles dasselbe, und mehr ist ja keiner wert, als daß er tun darf, was das Volk haben muß. Wir aber gewinnen dabei das Dach und den Tisch und das Schloß an der Tür. Schreib. Aber schreib gleich!"

Christoph las den Brief oft und legte ihn dann unter seinen Briefbeschwerer. Er beschwerte seine vielen Briefe mit dem Hütchen aus gebrannter Erde, die er in Kranichstedt erfunden hatte und mit der er ein neues Glockenzeitalter hatte heraufführen wollen.

Verloren. Alles verloren, dachte Christoph, als Kathrinchens Wort unter seiner gebrannten Erde lag. Oder sollte er Aschbecher und Wasserleitungshähne gießen lernen?

Draußen hämmerte und klopfte es, daß die Wände dröhnten. Zeise sang dazu. Schon pfiff der alte Wind von den Ettern herüber zu den alten Luftlöchern hinein. ‚Die Hun'ne', würde Pfannert morgen sagen, wenn er die Veränderung erspäht hätte.

„Mögen sie hämmern und in Stücke schlagen, was gebaut ist für meiner Mutter Notgroschen", murmelte Christoph, sah nicht hin, sondern malte gedankenlos mit Tinte Kathrinchens Namen auf seinen Beschwerer der Briefe. Aber zu einem Brief an sie fand er nicht den Anfang und den Mut.

18

Nur um die Zeit des zweiten Glockengusses war ein so pochendes Arbeitsleben in der Gießerei am Dingweg gewesen, wie in diesen Tagen und doch arbeiteten nur halb so viel Menschen wie damals, nämlich zwei: Zeise und Rulle. Brümmer saß heute in Kranichstedt und fütterte seine Ziegen. Christoph war auch nicht zu rechnen. Er stützte am Zeichentisch den Kopf in beide Fäuste, brütete vor sich hin und las Kathrines Brief: mehr ist keiner wert, als daß er tun darf, was das Volk haben muß. Jawohl, Kathrinchen: es ist alles dasselbe! Das stand ja auch in diesem Brief, auf den er keine Antwort wußte. Dann watete er verächtlich durch den Dreck, den die Ziegelstreicher Zeise und Rulle fröhlich hin- und herbewegten, und stellte sich vor seinen Ofen — vor seinen wundervollen Ofen, der das Metall in sechs Stunden glatt niederschmolz.

Er besserte auch hier und da liebevoll eine Fuge am Ofenmantel aus, bleite das gelockerte Geländer an den Stufen zum Schürloch wieder fest. Er ging in den Hof, warf krachend die Trockenbretter beiseite, die Rulle an das Glockengerüst gelehnt hatte. Den Platz um die Glocke fegte er schön sauber.

Eines Abends begann er Pfähle zu sägen und spitzte sie unten mit dem Beil zu. Am anderen Morgen zeichnete er einen Kreis um das Glockengerüst und schlug Pfahl um

Pfahl rings um den Glockenplatz in den Boden. Alle diese unnützen Arbeiten verrichtete er mit großer Genauigkeit, ohne auf Zeises Seitenblicke zu achten. Ja, er verband schließlich diese Pfähle mit Querstangen und erwog, ob er diese Einfriedigung grün oder besser weiß anstreichen solle.

In diesem Bezirk stand nun Stoffel, der Zaunmacher, und streichelte seine Glocke, die keiner wollte. Ihn wollte die neue Zeit ja auch nicht. Das Beste hatte er geschaffen, was ein Glockengießer zu geben hat — die Leute zuckten die Achseln und gingen ihren Weg.

Welchen Weg sie gingen! Und welch ein riesengroßer Zug! Ihn und sein Können rief niemand.

Gedankenlos spielend bewegte er den Klöppel.

„Christoph!" rief jemand hinter ihm.

Erschrocken ließ er los. Der Klöppel schlug dröhnend das große Es-Dur, Christoph wandte sich um: Kathrine stand im Hoftor!

Sie lachte strahlend: „Du hältst Wort! Die Glocke wolltest du läuten, wenn ich käme — und auf den Schlag schlägst du an!"

„Kathrine!" schrie Christoph. Aber er sprang nicht über den dummen Zaun, den er genagelt hatte, er lief nicht hin zu ihr — Stoffel in seinem Käfig sah sie nur lachend an, wie sie dastand in ihrem roten Kleid mit dem weißen Saum, den Hut in der Hand, die Sonne auf dem Haar. Da packte er das Zugseil mit beiden Händen — die Glocke hob sich — er zog, die Glocke schlug — er zog und zog, und die Glocke hob an zu läuten in breitem offenem Ton, wundervoll wogend und tief.

Sogar Rulle hörte das Geläute, kroch aus seinem Lehmhaufen und guckte. Zeise stand schon seit dem ersten Schlag in der Tür des Trockenschuppens.

„Hör auf!“ rief Kathrine.

„Soll ich nicht wenigstens sie läuten dürfen auf meinem eigenen Grund!“ schrie Christoph durch das Tosen des Klöppels und ließ die Glocke in die Waagrechte gehen, daß sein Geläute die ganze Landschaft erschütterte.

Die Ettersfelder horchten wieder. Es war die Stunde des Mittagsschlafes. Der Pastor schreckte am jähesten aus dem Traum hoch, griff nach Chorrock und Buch und rannte zur Tür. Das schwarze Gewand war faltig, und er hatte es unordentlich über den Arm geworfen — an der Tür verwickelte er sich und wurde davon völlig munter.

„Was denn —“ murmelte er. „Die Uhr ist zwei. Ja, so. Das ist die fremde Glocke. Welche Torheit.“

Sein Schlaf war hin. Auch Frau Mahrs Schlaf war verflogen. Sie stand am Fenster. Es ist etwas geschehen. Ist seine Glocke am Ziel? Kruspe, Kühnel, Pfannert, Schenkenbrott waren munter. Brannte es? Kein Rauch am Himmel. Keine Flammen. Wer weiß etwas? Doch, am Dingweg oben raucht's. Das ist bloß die Esse. Sie schmelzen wohl wieder — daß Kathrinchen angekommen war und die Glocke sagte: das ist die Zeit, und daß die Glocke dann in die Höhe stieg, den letzten Oberton hergab und läutete: das ist das Reich! — das konnten sie vom Dorf aus nicht erkennen.

In der Eckstube hielt Christoph Kathrine im Arm: „Du! Bist du vom Himmel gefallen? Wo kommst du her?“

„Stoffel, was bist du für ein Untier! Ich bin vor Sorgen beinah umgekommen. Was fällt dir ein? Warum antwortest du mir auf keinen Brief? Und was die Leute in Kranichstedt alles von dir erzählen! Du hättest Bankrott gemacht, du wärest ausgerissen — und ich komme zu deinem Hoftor herein: da stehst du, bist gesund und läutest fröhlich deine Glocke! Und deine Gießerei arbeitet so munter, daß man nicht weiß, wo man den Fuß hinsetzen soll in eurem Umstand."

„Ach Kathrine." Christoph ließ den Kopf hängen. Das Unglück seiner Glockengießerei, das er über ihrem plötzlichen Erscheinen ganz vergessen hatte, stand mit rollenden Augen und wilden Reißzähnen riesengroß vor ihm auf.

„Was denn?"

„Es ist alles verloren. Ich bin am Ende."

Kathrine lachte: „So sieht bei euch ein Ende aus? Bei solcher Arbeit?"

Sie hatte die Schuhe voll Lehm und hielt sie ihm hin.

„Gib her, ich mach' sie wieder sauber." Im Nu hatte er ihr den rechten Halbschuh abgestreift. Kathrine konnte es nicht hindern und stand nun auf einem Bein da.

„Wie fein du dastehst."

„Das ist eine Unverschämtheit. Gib meinen Schuh her."

„Bleib so stehn. Du siehst so schöner aus."

„Einen Stuhl!"

„Nein."

„Ihr kehrt hier wohl alle Monat einmal aus", sagte Kathrine und mußte, um ihren grauen Strumpf zu schonen, auf einem Bein hinspringen.

„Pfannert bewegte sich hier auch immer auf einem Beine fort und fuchtelte mit den anderen Gliedmaßen in der Luft dabei."

„Wer ist Pfannert?"

Christoph putzte den Schuh mit dem Lappen, an den er unter gewöhnlichen Umständen die Reißfeder wischte.

„Ein Ziegelbrenner und ein Lump. Ach Kathrinchen, da lachst du. Ich habe das Elend auch eben vergessen. Und doch haben die Kranichstedter Klatschen recht. Das ist alles ganz Pfannert'sch hier geworden."

„Du willst also ausreißen?"

„Eigentlich ja. Ich weiß keinen Ausweg mehr. Ich bekomme von keiner Seite Arbeit."

„Aber ihr arbeitet doch, daß man anklebt bei euch!"

„Lieber Gott" — Christoph hielt ihr den lehmigen Lappen hin — „da! Ziegel."

„Na ja. Das ist doch Arbeit."

„Ziegel!"

„Gelbe oder rote? Brenn' rote, Christoph. Die mag ich lieber."

„Ziegel!! Verdammt noch mal!"

„Fluche nicht so, Stoffel."

„Was soll ich armer Hund sonst machen."

„Ziegel."

„Was?"

„Ziegel!"

„Weib, was?!"

„Ziegel, Christoph Mahr! Oder was tust du sonst hier!"

„Was ich tue? Ich? Was ich sonst hier tue? Kathrine, meinen Kopf habe ich auf den elenden Zeichentisch gelegt, da, auf das Profil von der zweiten Glocke. Auf fis sollte sie gestimmt sein. Wie die Kranichstedter, aber besser, Kathrine. Ja, und mit der Stirne habe ich auf meinen Zeichentisch geklopft — und es hat alles, alles keinen Sinn."

Jetzt stand Kathrine trotz Strumpf und ungefegten Dielen auf, ging zu ihm hin, nahm seinen Kopf in die Hände und fing an zu fragen. Ganz allmählich begriff die Frau erst, daß Stoffel nicht begriffen hatte, wie die Zeit längst nach ihm rief, wie er arbeiten solle und wie er mitten drin in der Arbeit stand. Christoph Mahr hatte es bloß noch nicht gemerkt.

Sie sah ihn in grenzenloser Verwunderung an.

„O du Glocken-Glocken-Glockengießer!"

„Rulle, das is se", sagte Zeise draußen.

„Wär'n?"

„De neie Meestern."

„Nä."

„Du, die hat's in sich. Paß uff."

„Nä." Rulle schüttelte den Kopf. So sahen früher die Ziegelbrennermeisterinnen nicht aus.

„Nä. Ganz annersch."

Aber in der Ziegelei hier oben war ja alles anders.

„Meintwächn", sagte Rulle und strich seine Form schön glatt.

Auch die Ettersfelder sagten nach einer Weile: „Meintwächn" und gingen an ihre Arbeit. Frau Mahr blieb am Fenster stehen: was hat die Glocke an den Tag gebracht?

Ganz oben am Ende der Straße kamen Leute. Am Schritt und Armeschlenkern sah sie, daß Christoph dabei war. Was für Rotes geht denn da neben ihm?

Ein Mädchen!

Wenn Lina Mahr nahe dran war, die Fassung zu verlieren, sagte sie in unbewußtem Vorwurf „Robert" — Robert hieß ihr seliger Mann, der mit dem goldenen Namen. Ein Mädchen am Arm und mitten durchs Dorf — das war ganz Mahr — „so sind sie, ja, genau so."

Ein schönes Mädchen schien es zu sein, groß, blond — diese Mahrs: ha, ein Mä'chen! hätte ihr seliger Mann gerufen, wenn sie ihm schön erschienen wäre, und er hätte alles andre vergessen.

So war Robert mit ihr angezogen gekommen bei seinen Eltern — genau so. Als ob es der dumme Junge wüßte und ihr vormachen wollte. Sie war damals bald versunken vor Angst. Die alten Mahrs hatten kein Wort gewußt. Aber seine Mutter war gut mit ihr gewesen.

Fest schreitet sie aus neben ihm. Fest würde sie auch stehen müssen in ihren Schuhen neben so einem. Sie sieht doch beinah aus wie —

„Lieber himmlischer Vater, erbarme dich über mich alte Frau. Das ist Trinchen Lichtermark —

oder wie sie sonst heißt."

Kathrine hatte zuviel erlebt, um sich in dieser schweren Stunde töricht anzustellen. Sie empfand die Angst der alten Frau und sah ihren Blick auf Christoph, ihren einzigen Sohn. Bei all ihrer Jugend war sie ja schon auf eine Sandbank gelaufen und lag denn still wie das Schiff im Sand — trotz des frischen Windes, für den Christoph sorgte: er war verlegen und half sich mit Lärm. Christoph klapperte mit der Tasse, wippte mit den Füßen, erzählte eine sehr dumme Geschichte von Pfannert.

„Nun sei still, Christoph", sagte Kathrine. „Ja, Frau Mahr, vor zwei Jahren, im Kranichstedter Garten — wissen Sie noch? Am Steintisch unter der Pastorlinde? Da sind Sie nicht erschrocken, als Sie mich kommen sahen."

Das hätte der erste von einer Reihe offener Sätze sein können. Frau Mahr gefiel die Rede, sie verstand auch, wo

Kathrine mit ihren Worten hin wollte. Aber sie mochte ihre Muttersorge nicht von dem jungen Wesen, das von Ehe entweder zu viel oder zu wenig verstehen mußte, besprochen haben. Geheiratet werden, geschieden und nun verlobt und dann wieder geheiratet — und ihr Sohn da mitten drin. Ihr Christoph, ein Mahr, der schon ohne Weiber immer den verkehrten Weg fand, der ein ordentliches, klares Mädchen brauchte! Frau Mahr saß ein wenig steif auf ihrem Stuhl. Wenn in diese Stube nicht ein leiser goldener Schimmer weit aus Flandern herüber geschienen hätte, der aus Christophs Gesicht deutlich widerschien, so wäre Lina Mahr mit der künftigen Katharine Mahr nicht so gut gewesen, wie die alte Mahrin mit ihr. Aber sie fühlte als Frau alle die Mühe und die Not voraus, welche nun die Junge mit diesen Mahrs haben würde. Sie sah ihren Christoph an, und wenn sie es recht bedachte, bekam sie ein kleines Mitleid mit Kathrine.

So nahe kamen sich die Frauen. Näher nicht.

Und auch dieser dünne Faden war zuletzt nur noch ein Härchen. Weder Lina Mahr mit Ausweichen noch Christoph Mahr mit Lärm konnte schließlich verhindern, daß ein paar Worte über die künftige Lebensgestaltung der beiden jungen Menschen fielen. Frau Mahr schlug an die Glocke ihres Christoph. Auf diese Tat der Mahrs konnte sie endlich uneingeschränkt stolz sein. Die Glocke vermochte nicht einmal Arcularius aus der Familie herauszureden. Die hing da, wog dreihundert Pfund ohne den Klöppel, und geklungen hatte sie, daß es in jener Nacht des ersten Geläutes vom Waldhüter auf der Jenseite der Ettern vernommen worden war.

Kathrine wußte von Kind auf, was Glocken bedeuten. Die Mahrglocke war auch ohne Dom und Turm Gloriosa und **sursum corda** für sie. Aber sie lebte eine Generation näher am Augenblick der Gegenwart als Lina Mahr. Sie sah mit hellen gescheiten Augen durchs Reich der neuen Zeit das Arbeitsheer ziehen, welches die alte Frau Mahr für einen Umzug mit Musik hielt. Leben wollte Kathrine. Wenn aber gebrannter Lehm den Kindern Häuser baut, so sollen Erzglocken sie nicht eindrücken mit ihrer kostbaren Last.

„Seine Glocke ist sein Leben“, sagte Frau Mahr.

„In Haus und Hof, auf Acker, Vieh, Geld, Gut lebt Leben“, sagte Kathrine.

Und es geschah, daß die nüchterne, rechnende, praktische Lina Mahr unversehens an diesem Kaffeetisch die Rollen vertauschte. Was sie sagte, hätte alles der Mahr mit dem goldenen Namen in Flandern hinten predigen können, und Kathrine war Frau Mahr geworden.

In der Nacht saß Lina Mahr auf der Bettkante und prozessierte weiter für den Lebensgedanken des Glockengießers Mahr, und sie verlor den Streit. Denn ein braves Weib, das verheiratet war mit einem Robert Mahr, mußte zuletzt zugeben, daß in der guten Jahreszeit ein Vogel Halme und Federn im Schnabel trägt und dabei nicht gleichzeitig singen kann.

Vernunft, Verstand, Einsicht, auch Sinn für Wirklichkeit heißt diese Tugend der Vögel, die am Nestbauen sind. Sie war die Kerntugend der Lina Mahr, wohlausgebildet bis zur Vollendung, denn nach dem Nestbauen war bei ihr das Füttern gekommen, und der Junge sperrte das Maul auf noch in seinem dreißigsten Jahre. Diese Tugend hat ihr viel gekostet. Viel Wünschen und Hoffen hat ihre Tugend verschlungen. Und heute, bald am Ende ihres Lebens, mußte sie das bißchen Stolz und den endlich errungenen Glauben an die große Glocke der Mahrs dem Trinchen Lichtermark hingeben für Steine und Brot. —

Christoph nutzte die warme Mainacht besser als seine alte Mutter. Er brachte Kathrine zum letzten Zug nach Hopfbach. Sie hatte Zeit genug, und — des Weges unkundig — mußte sich Kathrine vorlügen lassen, daß der günstigste Weg über den Singerbachpfad führe.

Diese Straße — **sursum corda** — sie war in der Tat günstig.

Die Buchen wölbten sich mächtig und dicht über dem weichen sanften Waldpfad. Da und dort warf der Mond einen Silberkreis auf das Gras. Kein Windhauch bewegte die jungen Blätter. In der Tiefe des Waldes huschte ein Wild, knackte ein Zweig. Die Welt war Nacht.

Aber mit einem Mal öffneten sich Gebüsch und Baum — Christoph und Kathrine standen am Waldsaum der Ettern, und unergreifbar maßlos lag das Land, e i n silberner Raum, unter ihnen ausgebreitet in der Stille des Schlafs.

Sie setzten sich an den Hang. Christoph nahm Kathrine in die Arme. Die Ettern hüteten sie.

In dieser Nacht schlug sich Christoph auf die Ziegelseite.

19

Der Ettersberg ist ein umzäunter Bezirk. Seit undenklichen Zeiten haben die Ettern gehalten. Wir wissen, daß nicht die Sage, nicht die Dichtung, nicht einmal das Märchen in diesen Berg haben eindringen können. Menschen, welche die Ettern überschritten, verfielen auf wunderliche Gedanken und Handlungen.

Als die fremde Glocke vor den Ettern in ungewohnter Mittagsstunde mit einemmal zu läuten begann, hatte sich Ettersfelde sehr gewundert und Lina Mahr die Hände gefaltet und ergeben gefragt: was bringt die Glocke an den Tag?

Sie hat Kathrine an den Tag gebracht, dachte Christophs Mutter.

Sie hat einen Christoph, der leben will — den Ziegelbrenner Mahr hat sie an den Tag gebracht, dachte Kathrine.

Christoph sagte: „Ich schlage, hört zu, das ist die Zeit — meine Glocke hat die Es-Dur-Stunde hinter dem Singerbachsweg unterm vollen Mond in der Nacht geschlagen."

Aber die Glocke am Dingweg hatte ja nicht nur den Stundenschlag gegeben: sie hatte geläutet, und ‚läut ich, steht auf, nun ruft euch das Reich' stand auf ihrem Schlagring. Erst nach und nach begriff Christoph und viel später begannen die anderen Leute zu ahnen, daß in dieser Stunde mehr an den Tag gekommen war als ein Mann und ein Weib.

Das verborgene Gelände hinter den Ettern, vom anderen Deutschland abgeschlossen durch einen geflochtenen Zaun, hatte sich an diesem Tage geöffnet. Es war Deutschland mitgeworden. Die Ettern waren gebrochen, der Bann gelöst. Nicht Gedicht und nicht Gedank hatte je über die Ettern zu bringen vermocht. Ein Wunder hatte sie niedergebrochen, das einzige Wunder, das es gibt: das Wunder der Tat. Einen verschlossenen Berg, dessen Erdherz sein eignes Geheimnis ettert — wenn der Dichter mit der biegsamen goldenen Schale recht sagte, seit den Zeiten der Urfische — den können Sage, Märchen und Dichtung, welche für die sonstige Wirklichkeit hinreichend stark sind, nicht vermenschlichen. Das kann nur das große Wunder in einer großen Zeit.

Christoph stand an seinem Hoftor und sah diese Zeit gezogen kommen — grau, in stiebenden Staubwolken, ohne Fahnen, ohne bunte Farben: ein Menschentrupp marschierte im Gleichschritt auf Ettersfelde zu. Ein kleiner Trupp, dreißig, vielleicht vierzig Männer — das Teilchen eines ungeheuren Heeres, das jetzt allerorten in Deutschland aufgebrochen war. Und dieses Volk, das dort kam, setzte seinen Spaten in die Erde der Ettern und fragte nicht.

Viel Heere sind über den alten deutschen Boden gezogen — Franzosen, Russen, Schweden, Polen, Böhmen: alle glitzernd, funkelnd, bunt und deutsches Blut hinrichtend bei Pauken- und Trompetenschall. Und viel Heer aus eigenem Blut hat aufstehen müssen gegen die Raubschrecken — noch nie war ein Heerzug gesehen worden wie dieser, der da unten im Staub gezogen kam und als Arbeitsdienst vom Land der Mitte aus um den Erdball marschieren wird: die unaufhaltsame Arbeit, Wahrheit und Wirklichkeit zugleich.

Voran ging der Vorarbeiter, wie die Männer hinter ihm

in graublaues Leinen gekleidet, das alle Spuren des Wetters und der Erde trug. Sonst trugen diese neuen Menschen keinen Ordensschmuck. Dennoch lag ein funkelndes Licht über dem Trupp, so hell, daß es Christoph die Augen blendete. Die Männer hatten ihre Schaufeln geschultert. Starke graue Eisenschippen an kräftigen Eschenstielen. Die blanken Schaufelplatten blitzten im Licht, und die Sonne bewegte sich auf den Schaufeln wie eine eiserne Welle.

Der Zug erreichte eben die Höhe des Dingweges. Christoph trat an den Grabenrand, um die Männer in der Nähe zu sehen. Es waren Menschen wie er selber. Er hatte heute an den Holzformen für die Backsteine gearbeitet, Lehm gestrichen, später im Trockenhaus schichten geholfen und sah nicht anders aus als die singenden Schaufelmänner.

Sie marschierten zur neuen Siedlung hinauf. Christoph ging im Gleichschritt neben ihnen her.

„Straßenarbeiter!" rief einer aus der Reihe auf seine Frage nach ihrer Arbeit.

Unterwegs kam ihnen Kühnel entgegen, der in der engen Dorfgasse seinen Futterwagen anhalten mußte. Er sah Christoph: „Na, wolln Se ooch mit? Ha'm Se'n meine Rechnung fertch? Ich will mei Geld loswärn."

Das war ein Wort! Christoph ließ die Straßenbauer ziehen, kehrte zu seiner eigenen Arbeit um und schrieb andachtsvoll in der Eckstube auf die erste Rechnung der Ziegelei Mahr das Datum des ersten Juni.

Das Gerücht, die Ettersfelder Ziegelei sei wieder im Gang, war ins Dorf und aus dem Dorfe in die Umgebung gedrungen. Christoph mußte an die Wand neben das Bild vom Iggensbacher Glockenstuhl einen Arbeitszettel nageln und schrieb darauf: zweihundert Steine Schellrodt Schweinestall, fünfzig Pastor Hoftor, dreihundert Scheune Siedlung. Vor jenem Etterngeläute hieß es: Gloriosa, Bronze, fis-Dur, Mollgeläut. Jetzt war von Schweinekoben, Lehm und Scheunen die Rede.

Christoph hatte keine Zeit, über den Wandel der Dinge nachzudenken. Der Erfinder einer neuen gebrannten Erde saß bis über die Ohren in der Arbeit an ungebrannter Erde und hatte nun schwere Mühe, sie so zu brennen, wie die Leute diese Erde haben und verwenden wollten: zu Ziegelstein. Christoph hatte Sorgen. Er erwog, ob und wieviel Leute er einstellen müßte. Er hätte eigentlich auch an den Öfen, an der Fahrbahn, an den Schuppen bauen müssen. „So geht's nich", erklärte ihm Zeise heute, und „nä" sagte Rulle morgen. Kühnels Pferde konnte er nicht immer borgen. Die Transportfrage war der wundeste Punkt der unvollkommenen Ziegelei Mahr. Christoph rang sich endlich zu dem Entschluß durch, einen Traktor zu kaufen. Er nahm einen gebrauchten, aber der kostete auch bares Geld. Frau Mahr mußte wieder an den Wäscheschrank gehen und das blaue Buch zwischen den Unterhosen hervorziehen.

„Aber das bekommst du nächsten Monat wieder", sagte Christoph und ließ diesmal seine Mutter allein zur Sparkasse wandern. Er hatte keine Zeit: was denn nun würde, drängte der Bauführer in der Siedlung. Sie brauchten jetzt die andere Ladung Backsteine.

Christoph fuhr die Steine an den Bauplatz. Zeise knallte zum letzten Male mit der Peitsche. Dieser Tage erwarteten sie den neuen Traktor.

„Sind Sie der Zieglermeister?" fragte ein Beamter der Siedlungsabteilung, als er den Lieferzettel unterschrieb.

„Ich bin — ach so, ja, ich bin der Ziegler."

„Wieviel Steine können Sie in je zehn Tagen an die Siedlung liefern?"

Wieviel? Christoph sah sich erschrocken nach Rulle um, aber der konnte ihm nicht raten. Rulle feuerte den Ofen oben in der Ziegelei. Der Beamte wollte eine Zahl hören. „Es ist eine große Ziegelei", sagte Christoph. „Ich könnte Ihnen liefern, was Sie brauchen. Aber ich habe kein Geld für die Löhne am Anfang."

„Wieviel Mann brauchen Sie? Rechnen Sie reichlich. Die Leute müssen sich erst einarbeiten. Es sind keine Facharbeiter."

Christoph sagte mit einem heimlichen Stoßgebet ins Blinde: „Zehn Mann in die Lehmgrube und für den Transport von Lehm und Steinen. Und fünf Mann in die Ziegelei — wenn Sie es eilig haben. Genau allerdings —"

„Sind fünfzehn Mann", schrieb der Beamte.

Christoph sah sich als Zieglermeister ernst genommen. Bis jetzt hatten ihn die Leute immer von der Seite angesehen, wenn von Ziegeln die Rede war. Sie trauten Christoph Mahr, dem Ziegelbrenner, nicht recht. Vielleicht fing er die Steinladung an zu formen, aber eines Tages war das Hoftor verschlossen, die Ziegelei verhext, man sah und hörte wochenlang nichts mehr, dann plötzlich zu Mittag oder in der Nacht gab es Sturmläuten, die neue Glocke war gegossen, aber der halbe Schweinestall stand da und kam nicht von der Stelle. Nicht nur Propheten, auch Ziegelstreicher haben es schwer in der Heimat, bis sie sich erst eingebrannt haben in sie. Der fremde Baubeamte sah ihn gar nicht verdächtig von der Seite an. Er hatte sein Notizbuch vor sich und sprach sachlich und selbstverständlich von Stückzahl,

Brennart, Größe und Lieferung. So benahm sich Christoph denn auch als gewiegter Ziegelbrenner, sprach bedächtig und sah kritisch die Steine und die Gelegenheiten an.

Auf dem Heimweg rechnete er im Kopfe, zählte an den Fingern und zog die Stirn in Falten: ernst genommen zu werden ist kein Spaß.

Christoph berief Rulle und Zeise zum Rathalten in die Eckstube.

„Fuffzehn komm'n?" schrie Rulle.

„Wir müssen gut Hand in Hand arbeiten."

„Nä", sagte Rulle, „wenns so wärd, dann muß erscht der große Ofen richt'ch härgericht' wärn."

„Wo soll ich Steine und Zeit dazu hernehmen! Der Ofen muß jetzt so bleiben."

„Dann geht'r ämal mitten im Brande ausenanner. Der muß umgebaut wärn. Un Schteene? Da schmeiß mer'n Glockenofen ein un nähm'n die Schteene d'rzu."

„Mensch!" rief Christoph und machte eine Faust. Rulle wich einen Schritt zurück.

„Ich meente doch bloße so."

Sie beschlossen, jetzt in dem kleinen Ofen zu brennen — mochten die Steine werden, wie sie wollten, Christoph würde mit dem Siedlungsbeamten ein offenes Wort reden. Von den fünfzehn Mann sollten acht in der ersten Woche an den Umbau in der Brennerei gestellt werden. Die anderen an Lehm, Ton und Sand. Es wurde ein neuer Arbeitsplan entworfen. Ohne Rulle wäre ihm die Umstellung nicht gelungen, denn jetzt erst sah er, wie verwahrlost die Ziegelei eigentlich war. Aber Rulle hatte auch großen Betrieb hier oben erlebt. Pfannert führte vor seinem Saufen ein tüchtiges Werk.

„Aber dazumal hatt'mer Weiber bei der Arbeet."

„Die ham jetzt keene Zeit", sagte Zeise.

„Se ham doch nischt zu tun."

„Das kommt, Nulle. Die solln jetzt Kinner kriegen un keene Backschteene machen."

„Kinner? M'r ham doch so schon nischt richt'ch zu fressen. Schon bei zween reechts Brot bloß halb so lange. Und bei achten bleibt garnischt."

„Je, Nulle, gucke mal: als mir zu zweet hier warn, sah's aus, als ob der Meester jeden Tag de Bude zumachen wollte. 's langte nich vor uns zwee. Nu wolln mer ämal sähn."

„Nä", sagte Nulle. Aber eines Tages kamen die Fünfzehn, und es ging freilich nicht glatt und zünftig — es gab ein Hin und Her und Durcheinander: doch allmählich fand jede Faust den gehörigen Werkzeuggriff. Christoph konnte sagen, daß ungelernte Arbeiter eben erst eingerichtet werden müssen, und keiner merkte ihm an, daß er dabei heimlich vor allem an den Glockengießer Mahr dachte. Aber in Gang war die Ziegelei — trotz der vielen Esser am Tisch.

„Siehst'e", sagte Zeise zu Nulle, „vielleicht is' es mit den Kinnern ooch so."

„Was weeßt'n du von Kinnern un' Ziegeln", knurrte Nulle. Der Alte fußte auf Erfahrung und wußte, wie's war. Der Junge wußte nichts, aber eben deshalb witterte seine Jugend in der Gegenwart ihre Zukunft: wer allein ist oder zu zweien, der denkt an nichts als an den morgenden Tag, ißt wenig, hebt viel auf, und die Hamsterangst nagt an seinem hartschaligen, aber innen weichlich mürben Herzen. Wer nicht mehr verpflichtet ist, schärfer zu rechnen als der liebe Gott, weil achte um ihn herum die Mäuler aufsperren, dem bleibt nichts übrig als Gott zu loben und es ihm nachzumachen: im Heute wirken, das Heute besorgen und das Morgen unter seinen Glauben werfen.

Die Fünfzehn waren eher gekommen, als Christoph gedacht hatte. Er geriet in Verlegenheit und mußte nun dem Siedlungsbeamten beichten. Er mußte gestehen, daß die Ziegelei eine Glockengießerei gewesen wäre, die Glockengießerei wäre aber eigentlich eine Ziegelei gewesen, und um aus der Ziegelei eine Ziegelei zu machen, hätte er als Glockengießer viel Schwierigkeiten. Der Beamte lachte. Wo er auch hinkam — einen regelrechten Anfang der Arbeit hatte er überhaupt noch nicht erlebt. Alles war eigentlich anders gedacht gewesen. Aber ein so verwickelter Fall war ihm noch nicht vorgekommen. Er besah die Glocke, den Schmelzofen, er sah Zeise, er sah sich Rulle an — dann lächelte er und gab Christoph die Hand: „Also los, Herr Mahr. Die Not steht Pate bei unserer Arbeit, und Umbaun ist unser Geschäft. Aber das gibt eine schön harte Hornhaut."

Die Arbeit begann. Christoph stand mit der Sonne auf und sah im Frühlicht fünfzehn junge Menschen neben Zeise und Rulle auf seinem Hofe stehen, die auf ihn warteten. Voll Glück und Staunen fühlte er, daß Auftrag und Verantwortung, je schwerer sie sind, um so sicherer tragen. Christoph schwamm oben. Die Esse wurde nicht mehr kalt, die Karren rollten. Wenn der Traktor mit einer Fuhre roter Steine durchs Hoftor schnob, sagte Christoph: ich schlage, hört zu, das ist die Zeit.

Die Tausende von Steinen waren alle gleich groß, gleich rot, gleich schwer, gleich wert. Aber Christoph stand jetzt in der Erde wie Rulle, und es tat ihm nicht weh, daß er die Erde um ihrer selbst, nicht mehr um einer Glocke willen formte, welche er früher in diese Erde gesät und aus ihr geerntet hatte — daß er aus der Erde nichts als Steine machte.

Zeise gab ihm eine Lehmprobe: ob es so recht wäre. Christoph drückte den Klumpen in seiner Faust zusammen und zeigte Zeise die Linien und Falten seiner Hand, die nun im Lehm abgebildet waren: „Da Zeise! Der Lehm ist gut. Ich habe mich in Erde gedrückt, und zu jeder Linie von mir sagt die Erde: das bist du, Christoph Mahr! Aber ich bin's gerne."

„Gerne?" fragte Zeise. „Na, da ha'm Se nu äne großart'che neie Formerde zum Glockengießen erfunden un ham' se gebrannt un se hat's Brennen ooch ausgehalten — un nu brenn 'Se solchen Dreck hier zu Ziegelschteenen."

„Und es ist gut so, Zeise: heute brenne ich die Erde, welche die Leute brauchen und bezahlen. Wenn's ums Leben geht mit der Arbeit, merkt man den Unterschied nicht zwischen Lehm und Erz. H a b e n wir erst's Leben, Zeise, wollen wir schon unsre Glocken, in Dur und in Moll, aus unserer eignen Erde schlagen."

Christoph nahm sein Formbrett auf die Schulter, ging ins Trockenhaus, fing an Steine zu schichten und summte ein Lied dabei. Seit er sich die Kathrinenstunde in der Nacht hinter dem Singerbachweg am Hang der Ettern herangeläutet hatte, wußte er, daß Kathrine auf ihn wartete und wußte damit nun ein Anderes zugleich: Arbeit ist nicht geschieden in Herrenarbeit und Knechtsarbeit, aber um Arbeit zu erleben als Eines, muß es bei der Arbeit ums Leben gehen.

Und bei diesem Arbeiten bekam Christoph den langen männlichen Atem. Er stürzte sich nicht mehr jäh und stoßweise ins Wirken. Er brachte ruhig und handwerkend Stein neben Stein neben Stein, jeder Stein getränkt mit seinem Schweiß — ein Stein war dem anderen völlig gleich, ohne

Gesicht, und keiner beseelt von einem Hauch Mahr. Solche Arbeit findet nicht ihr Werk-Ende, wie es das Glockengießerwirken krönt von Zeit zu Zeit. Was Christoph jetzt tat, konnte auch niemals das Werk-Ende finden, denn er tat das Endlose.

Alles war Arbeit, nichts war Werk.

Aber Stein neben Stein neben Stein — „mein Leben!" rief Christoph, strich die nassen Haare aus der Stirne und blickte scharf nach der Landstraße hinunter, ob denn Kathrine, ob sein Leben schon käme.

Die Glocke am Dingweg hatte nicht wieder geläutet seit jenem Mittag, als Kathrine zu ihm kam. Es hatte niemand mehr Zeit zum Läuten. Auch die Glocke hatte Dienst. Früh, mittags und abends schlug sie die Stunde. Der Käfig um das Glockengerüst war weggerissen worden. Für Zäune war kein Platz mehr auf dem Hofe.

Der Glocke tat auch niemand etwas zu Leide. Sie hing zwischen den sonnverbrannten Männern und sagte dreimal am Tag: ich schlage, hört zu, das ist die Zeit.

20

Den halben Sonntag hat Ettersfelde geduckt in seiner Mulde kornbewachsener Hügel gelegen und die Sonnenglut aufgesaugt.

Mit dem Schlage zwölf sagte der Küster im Kirchturm St. Wiberti „nu los“ zu seinem Gehilfen, der am zweiten Glockenstrang stand, spuckte in die Hände und zog das Seil seiner Glocke.

Das ganze Nest schnarchte in der Mittagsglut, und nur dem armen Ettersfelder Küster und seinem Schulbuben rückte in dieser Stunde die Arbeit zu Leibe. Aber in dem Kalksteinverließ des Wibertiturmes ließ sich die halbe Stunde Seilziehen aushalten. Durch die algenverklebten Fensterlöcher kroch nicht viel Schwüle, und auch dieses Wenige kühlte rasch ab an Kruspes Spaten und Bahren in der Ecke und roch dann frisch nach ungebrannter Erde.

Der Küster zählte den Takt: eins und, zwei und — bis zwanzig mußte seine Glocke das Hochzeitgeläut anschlagen.

Sie klingelte dünn in dem Sommerdunst herum, und die Ettersfelder Hochzeitsgäste wären kaum in ihre schwarzen Feströcke und auf ihre mittagsmüden Beine gekommen, wenn mit einundzwanzig nicht die fremde Glocke eine Terz höher eingesetzt hätte.

Diese Glocke hatte sich der Hochzeiter Christoph Mahr selbst gegossen, und August Zeise, der zu läuten verstand, bewegte sie so sicher und hoch, daß ihr strahlender Es-Klang durch die einheimischen Glocken brach wie die neue Zeit durch die alten Eltern. Ich läute, steht auf, nun ruft euch das Reich: die Hochzeitsgäste standen auf, jeder an seinem Ort.

Im kleinen Gastzimmer bei Frau Mahr erhob sich zuerst Frau Lichtermark, holte tief Atem und sagte zu ihrem Mann: „Es ist so weit, Fritz. Zieh deinen Gehrock an."

Lichtermark zwängte sich in den engen schwarzen Rock und wischte den Schweiß von der Stirn: „So weit", brummte er.

„Genau vorm Jahre", sagte Frau Lichtermark, „waren wir auch so weit."

„Nu, ganz so weit nicht, Emma."

Frau Lichtermark steckte sich ihre Brosche an und schwieg. Ihr Gatte drehte an seiner Uhr und schwieg nicht: „Komm, Emma. Wir müssen ja sozusagen die Ersten sein. Weißt du noch, vorm Jahr in Kranichstedt, dieselbe Hitze —"

„Ich weiß nichts."

„Hm. — Weißt du, Emma, er hat ja wohl nichts, aber er ist doch nun was —"

Frau Lichtermark sah ihren Mann an. Der Professor war still. Nach einer Weile sagte sie: „Nun, Kathrine hat es so gewollt."

„Diesmal, Emma. Vorm Jahr hat sie eigentlich nicht so recht gewollt."

Frau Lichtermark sah in den Spiegel, legte den Samtkragen zurecht und sprach: „Ziegelstreicherseheefrau."

Lichtermark war ein gutmütiger, friedliebender Mann, der um des lieben Friedens willen viel vertrug. Aber jetzt knitterte die Zigarre zwischen seinen Fingern: „Frau!

Emma! Ich trete in diesen blödsinnigen Nippschrank hier, ich trete mitten in das verdammte Porzellan —"

Frau Lichtermark machte ein leidendes Gesicht. Sie kannte ihn: er hatte im Jähzorn schon in allerlei Porzellan hineingetreten. Sie litt so unter seiner Heftigkeit. Im Geiste sah sie bereits das zarte Möbel, in dem Lina Mahr goldgeränderte Tassen aufbewahrte, sich biegen und splittern — aber das leidende Gesicht half auch heute. Lichtermark riß das Fenster auf und warf seine Zigarre auf den Hof. Sie klinkte die Tür auf: „Es zieht, Fritz. Mach schnell. Sie läuten schon aus."

Lichtermark sah ihr nach, seufzte und griff nach seinem Zylinderhut.

Arcularius wohnte bei seinem Amtsbruder Weiße. Die Frau Pastor hatte zur Hochzeit ihres Neffen leider nicht kommen können, da sie unpäßlich war. Das schickte sich ganz gut so, denn Arcularius hatte den Kopf voll und brauchte unbedingte Ruhe um sich. Seine Schwester Lina hatte ihn gebeten, die Traurede zu übernehmen. Das hatte er nicht abschlagen können. So mußte er heute dem Kathrinchen die zweite Traurede halten, und die war dies Jahr schwer — „verdammt schwer", hatte der Brautvater gesagt und ihn im stillen bedauert. Arcularius war bekannt als glänzender Kanzelredner. Aber in dieser Aufgabe saß ein Stachel. Er hatte das Kathrinchen zur Frau Kesselstein gesegnet. Mit des Arcularius Segen war sie hingegangen — und ohne seinen Segen war sie wieder gekommen. Wo ist da der Segen? Die Traurede mußte er Lina Mahr zuliebe halten, gewiß, aber jetzt hätte er am liebsten sein Barett aufgesetzt und wäre gegangen. Einfach seiner Wege gegangen. Der zweite Segen mußte doch ein ander Maß und Gewicht haben als der erste Segen. Wo sollte er aber das Doppelgewicht hernehmen?

„Wo du hingehst, gehe ich auch hin“ — Kathrinchen war aber nicht weit in dieses Wo hineingegangen, sie war sehr schnell umgekehrt, und Arcularius konnte vorm Altar dieses Kesselsteinsche Wo nicht einmal näher kennzeichnen. Auch aus dem Vergleich Kesselstein—Mahr war nichts zu holen, denn eine Anspielung auf den Erfurter verbot sich durchaus. Ebenso unpassend, ja verletzend war der Gedanke Ölmüller—Glockengießer: der Ölmüller war inzwischen Inhaber einer blühenden chemischen Fabrik und der Glockengießer ein Ziegelstreicher geworden. Mit seinem Neffen als solchem war rhetorisch auch kein Staat zu machen. Kathrinchen allein konnte er erst recht nicht in seiner Rede aufleuchten lassen, nein, die geborene Lichtermark geschiedene Kesselstein verehelichte Mahr mußte man eher etwas geschickt verdecken — aber womit?!

„Großer Gott, womit?!“ schrie Arcularius. Die Glocken läuteten. Die Normalrede hatte er natürlich längst im Kopf, aber der Kern fehlte ihm noch, der besondere Gehalt, den er sich schuldig war.

„In meinen jungen Tagen ist so etwas binnen einem Jahr überhaupt nicht denkbar gewesen. Damals kam man über einen Riß anständig weg, indem man das Unvermeidliche tapfer trug, sich des Unvergänglichen getröstete und, wenn es gar nicht anders ging, an die Stelle der Zufriedenheit eben die Pflicht setzte —

„Soll ich das etwa verschlucken, weil er meiner Schwester Sohn und sie meines Freundes Tochter ist? Das laut zu sagen, ist mein Amt.“

„Kommen Sie, Herr Bruder“, sagte Weiße in der Tür, „man wartet, und wir müssen doch die Ersten sein.“

„Wir Ersten werden zu ihnen hinuntersteigen: verlassen Sie sich drauf, Herr Bruder." Er trug den Segen, dessen Erteilung seine geistliche Pflicht war, grollend hinunter zu den jungen Leuten, die so leichtfertig mit ihm umgingen und denen einen kräftigen Spruch bei dieser Gelegenheit auf den Weg zu geben seine verdammte Schuldigkeit war.

Nicht nur die Ersten — die Mahrglocke brachte auch die Letzten auf die Beine, denn Ettersfelde feierte heute ein doppeltes Fest: die Trauung des Christoph Mahr fiel zusammen mit dem Richtfest der Siedlung. Seit einigen Tagen trugen die ersten Häuser auf dem Lehnplan schon die Dachbalken. Lustig flatterten die Bänder des Richtkranzes im heißen Sommerwind.

„Aber nu schnell", sagte Kruspe, „sonst komm' mer zu schpät in de Kerche. M'r weeß heite nich, wo anfang'n. Zwee Kränze an een Tag. Erscht den da uffs Dach un nu noch een' Christoph'n uffs Dach."

„Aber nich so än großen!" rief jemand.

„De Greeße macht nischt. Bei der jungen Mahrn kommts druff an, daß der Kranz hibsch feste sitzt. Die verliertn leichte."

„Stecker'n feste, Kruspe."

„Heite bin'ch dienstfrei. Heite guck'ch bloß zu. Heite sauf'ch. Heite seid ihr dran. Setzt nur immer scheen Kränze, uff de Köppe un uff de Dächer. Deste mehr hab ich hingerher zu tun."

Ettersfelde hätte so viel Menschen gar nicht stellen können, als heute acht gaben, daß der Kranz in Kathrines blondem Haar diesmal fest saß: Christophs neue Kameraden, die Schaufel- und die Ziegelmänner, standen in langer Doppelreihe vor der Kirche und warteten auf den Hochzeitszug.

„Neunzehn, zwanzig", zählte Lichtermark summend die letzten Schläge der kleinen Ettersfelder Glocke, „und jetzt kommt s e i n e Glocke alleine, Emma paß auf — Es", sang er vor sich hin und nickte mit dem Kopfe zu jedem Schlag der Mahrglocke, die bei den Ettersfeldern die ‚Kathrine' hieß — zu jedem Schlag, als ob der gesessen hätte bei ihm, dem Hochzeitsvater im Bratenrock.

„Diese Es-Glocke ist ihm geglückt", sagte Lichtermark. Er hatte sich nach Emmas Kränkung bedrückt auf den Weg gemacht und fühlte sich ein wenig hilflos und allein. Aber das Geläute und die allgemeine Richtfeststimmung im Dorf wehten einen Hauch Glockenweihluft in sein Musikantenherz. Auf viele Flaschenhälse war ja heute nicht zu rechnen — das ließe sich nachholen — aber Kathrine strahlte, Christoph lachte, die vielen graublauen jungen Arbeitsmenschen winkten, die Ettersfelder schienen auch insgesamt umgängliche Leute zu sein: ob die halsbrecherische Kur geglückt und der Sprung in der Glocke zugeschweißt war — ohne allzu beträchtlichen Klangverlust? Sein Mä'chen sah klarer, bewußter, jünger aus den Augen als vorm Jahr: „Die jungen Leute heute", brummte Lichtermark, „die Guten macht ein harter Anschlag manchmal besser." Der Es-Klang wogte in der Sommerluft — Lichtermark winkte den seltsamen erdgrauen Hochzeitsgästen Christophs zu. „Heil!" sagten die Schaufelmänner zu dem alten Herrn. Heil, dachte Lichtermark: keiner von ihnen hatte einen Zylinder auf.

Arcularius trat nachdenklich, memorierend, mit tiefen Falten in der Stirn, an die Spitze eines Hochzeitszuges, wie er noch keinen geführt hatte. „Führe ich ihn überhaupt?“ grübelte er, als er seinen Weg durch die graue Arbeitsmenschheit vor der Kirche tat. Er ging langsam und sah diese Menschen, von denen er als freiwilligem, pflichtmäßigem und Gott weiß was für Arbeitsdienst in der Zeitung gelesen hatte, zum ersten Male in der Nähe.

Erst dachte er: ein wildes Geschlecht. Dann sah er schärfer in die einzelnen Gesichter: nun, ein junges lebendiges Geschlecht. Arcularius hatte längst ein Altern in sich gespürt, denn er war ein bequemer, unbeweglicher Mann. Wie er nun unter den jungen Arbeitsmenschen da und dort einen jungen Mann mit grauen und auch mit weißen Schläfen sah, zögerte er, blieb einen Augenblick stehen — sein altes Herz begann sich schon in mancher Stunde nach der Unüberwindlichkeit zu sehnen. Die Heilrufe brausten lauter. Er erkannte diese Menschen wieder: neunzehnhundertvierzehn war auch aus alten und jungen Männern *eine* erdgraue Flut geworden, die stieg und ebenso brauste. Arcularius winkte diesen Leuten zu — aber er grübelte, stockte, hielt den ganzen Hochzeitszug auf: nach der Flut sah er das brechende, splitternde Reich sich neigen — Heil! rief die erdgraue Flut um ihn, und aus dem Wust von Stein, Holz und verbogenem Eisen wand sich diese Menschheit da heraus, wischte das Blut ab und fing an aufzuräumen, daß alle guten Stuben in den Fugen krachten: dein Reich komme, murmelte Arcularius erschrocken.

Das Reich kam: Arcularius war ein begnadeter Redner, dem Empfindung zu Wort wurde, wenn die Stunde gut war.

„Mensch wächst aus Reich, Werk aus Arbeit, wie Glocke aus Ziegelerde kommt und sich aus ihr ergibt“, sann er noch, als die Leute schon das Eingangslied sangen. Die Kirche war voll grauer Menschen. Jeder für sich genommen sah nicht hochzeitlich aus. Aber alle zusammen mußten nur ein Herz haben, so glich einer dem andern — Steineklopfer, Ziegelstreicher, Glockengießer, Pastor.

Der Pastor Arcularius stand und sprach und hörte staunend nie gedachte Worte aus seinem Munde herausgehen. Es war wohl so, daß das Volk da unten auf den Bänken das Wort, welches ihm gehörte, herauszog. Seine Sätze schwebten nicht wie sonst. Sie hatten Kanten und waren schwer: „Das Reich ist euer Vater, das Reich ist eure Mutter, denn es ist inwendig in euch. Was jetzt erst Arbeit ohne Gesicht ist, Stein neben Stein neben Stein — das wird einst Werk sein. Glocken werden in gebrannter Erde geboren. Brennt eure Erde. Verzagt nicht, denn Erde brennt langsam durch. Am Ende der Straße hinter den Staubwolken — sursum corda — sehe ich eine Glocke."

„Sie läutet schon", sagte Lina Mahr vor sich hin.

„Nur einen Turm wollen wir ihr erst bauen", antwortete Kathrine leise.

Ende

www.ingramcontent.com/pod-product-compliance
Lightning Source LLC
Chambersburg PA
CBHW060804310726
48980CB00002B/230

* 9 7 8 3 8 4 6 0 9 5 6 6 9 *